間合い　栄次郎江戸暦2

小杉健治

時代小説

二見時代小説文庫

目次

間合い——栄次郎江戸暦2

第一章　御高祖頭巾《おこそずきん》の女

一

　青白い光が赤みを帯びた色に変わった。月の光はさまざまな色に変化をして地上に落ちていた。その御方《おかた》と端唄《はうた》を興じた余韻のせいだろうか、つい鼻唄が口からついて出そうになった。

　神田明神の祭礼が終わって数日後、その御方から誘いがあったのだ。

　矢内栄次郎《やないえいじろう》は柳原《やなぎわら》の土手に差しかかった。月影が斜めに伸びている。秋のひんやりした夜風が心地よい。

　着流しに二本差し。細面で、目は大きく、鼻筋は通り、引き締まった口許。整った顔立ちから気品が感じられる。が、さらにすらりとした体つきには武張った印象はなく、男の色気のようなものが醸《かも》し出されている。それは栄次郎のもうひとつの顔が芸人だからだろう。栄次郎は杵屋吉右衛門《きねやきちえもん》という長唄の師匠について三味線を習っている。

冴えた月明かりに浮かれたように、ちらほらと暗がりに人影が見える。男女の忍び逢いの声か、あるいは夜鷹が客を誘う声か。草むらにすだく虫の音が賑やかだ。

栄次郎はその御方と薬研堀《やげんぼり》の料理屋『久もと』で別れて来たばかりであった。その御方とは、亡き父が一橋《ひとつばし》家に近習番として務めていた頃に世話になった御方である。身分も、名前も教えられていない。端唄がうまく、よくお忍びで料理屋で遊ぶ。

奇声を発した酔っぱらいが横切り、夜鷹目当てらしい男が土手を上がって行く。

それにしても、あの御方の艶のある声はどうだ。酸《す》いも甘いもかみ分けた、深みのある声だ。

自分もあのような男になりたい、と栄次郎は思った。

ふと、虫の音が止んだ。背後に駆けて来る足音がする。その足音が間近に迫って来たので、栄次郎は足を止めた。

振り返ると、御高祖頭巾の若い女が駆けて来た。

「お願いでございます。これを、明日の夕刻に木下川村《きねがわ》の正覚寺裏門で待ち合わせている羽村忠四郎《はむらただしろう》どのに渡していただけませぬか」

女はあわただしく言い、袱紗《ふくさ》に包んだ固い物を栄次郎の手に押しつけた。そのとき、よい香りが匂った。

「あなたは？」

「私は篠《しの》と申します。お願いいたします」

「あっ、待ってください」

お篠と名乗った女はあわてて走り去って行った。武家屋敷に奉公している腰元ふうの女だった。

追われてでもいるようだ。追いかけることを諦め、栄次郎は女が駆けて来た柳橋の方角に目を転じた。

暗がりにひとの影は見えない。また虫が鳴き出した。

よい香りが残っていた。匂い袋を持っていたのだろう。栄次郎は香に詳しくないのでわからないが、白檀《びゃくだん》か麝香《じゃこう》の香りかもしれないと思った。

思いがけずに預かったものを懐に仕舞い、栄次郎は先を急いだ。

和泉橋を渡り、すぐ左に折れて神田川沿いを西に向かう。やがて、湯島聖堂を左に見て本郷の通りに入った。

本郷の組屋敷に戻ると、栄次郎は玄関に向かわず、庭へ行く枝折《しお》り戸を開けて入り、勝手口に向かった。

台所に入ると、瓶《かめ》の水をひしゃくですくって喉に流し込む。冷たい水が喉を通る。飲み終わって、ふうとため息をついたとき、背後にひとの気配がした。

「あっ、母上」

振り向いて、栄次郎はあわてた。

「お帰りなさい」

母が傍《そば》までやって来た。

「ただ今、帰りました。ちと引き止められまして」

栄次郎は言い訳のように言う。

「部屋まで」

そう言い、母は厳しい表情で台所を出て行った。

母の硬い表情を、栄次郎はあれこれ考えた。帰りが遅いと、いつも母に説教されるが、今宵はその御方といっしょだったのだ。いわば、母も公認であり、夜が遅いからといって叱られる謂《いわ》れはない。

もしや、あのことがばれたのではないか。そう思うと身の竦《すく》む思いがする。が、それは、考え過ぎだ。婿《むこ》か養子のことかもしれない。

なにしろ、栄次郎は矢内家のやっかい者なのだ。いわゆる部屋住《へやずみ》だ。

栄次郎は覚悟を決めて母の部屋に行った。

母は部屋の真ん中で待ち構えるように座っていた。

「母上。何か御用でございますか」

栄次郎は母の顔色を窺《うかが》うようにきいた。

「いかがでしたか」

固い表情とは裏腹に、言葉づかいは穏やかだった。さては、やはり婿か養子の件かと考えを巡らせた。

「はい。楽しく時を過ごさせていただきました」

あの御方とのことをきいているのだ。

「何か仰《おつしや》っておいででしたか」

「いえ。特には」

「何も？」

「はい」

ふと母の表情に安堵《あんど》の色が浮かんだような気がした。

「どんなお話をしているのですか」

「お話と申しましても、芸妓も侍《はべ》っておりますし、それにあの御方は端唄をたしなまれますので……」

栄次郎はあとは曖昧《あいまい》に言った。

栄次郎の三味線であの御方が唄うと言ったら、母は腰を抜かすかもしれない。

母は幕府勘定《かんじょう》衆を務める家から亡き父のもとに嫁《とつ》いできたひとで、気位の高いひとだった。勘定衆は勘定奉行の下で、幕府領の租税などの財務や関八州のひとびとの訴訟などの事務を行う。

「二百石取りであっても、矢内家はそなたの父上が一橋卿の近習番を務めたこともあるほどのお家柄ですぞ。お家に泥を塗るようなことはないように」

常々、母が栄次郎に言ってきかせる言葉だ。

隠し事をしているという後ろめたさが栄次郎を落ち着かなくさせていた。

「栄次郎」

「はっ」

栄次郎は身をすくめた。

「特に、あの御方からはお話はなかったのですね」

「はい。ありません」

妙にくどくきくなと、栄次郎は訝《いぶか》った。

「そうですか」

母はやっと表情を和らげ、

「もう下がってよい。おやすみなさい」

と、拍子抜けするほどあっさり言った。

「母上」

栄次郎は呼びかけた。

「なんですか」

「あの御方は、どうして矢内家に親切なのでしょうか」

去年、兄嫁が急の病で亡くなり、現在矢内家は母と兄、そして部屋住の無駄飯ぐらいの栄次郎、それに奉公人が三人。都合六名で暮らしている。

この暮らしを支えているのは兄の二百石の収入だ。それだけでは家計にゆとりはないが、月々いくらかのお金があの御方から届いているようなのだ。

「それはお父上のご奉公のおかげでありましょう。さあ、もうおやすみなさい」

そのことをきくと、母はいつも機嫌が悪くなる。

「それではおやすみなさい」

栄次郎は一礼して立ち上がった。

いったい母は何のために呼んだのだろうと訝しく思いながら、栄次郎は自分の部屋に戻った。

そして着替えようとして、懐の袱紗包に気づいた。

あの女は何者なのか。追われていたようだが、これはよほど大事なものに違いない。確か、木下川村の正覚寺裏門で待ち合わせていると言っていた。相手の名は羽村忠四郎。何がなんでも、届けてやらねばなるまい。

またも、余計な荷物を背負ってしまったと、自分のお人好し加減に呆れ返った。が、これも父親譲りのお節介病なのだと、栄次郎は自嘲ぎみに呟いた。

翌日の朝、栄次郎はすっきり目覚めた。目覚めはいつもよい。おぬしは悩みなどまったく無縁だと、兄から呆れ返られているが、悩みがないこともない。ただ、くよくよしても仕方ないと思うのと、ちょっとした悩みなど一晩眠れば忘れてしまうのだ。

こせこせせず、なんでも鷹揚なのは栄次郎の生来の性分で、父と母がおおらかに育ててくれたからだろう。

厠《かわや》へ行き、冷たい水で顔を洗ったあと、庭に出て、素振りをした。栄次郎は子どもの頃から田宮《たみや》流居合術の道場に通っていて、二十歳を過ぎた頃には師範にも勝る技量を身につけていた。

風に揺れる柳の小枝が稽古相手だった。居合腰から刀を鞘走《さやばし》らせる。葉の寸前で、切っ先を止める。あるいは、葉を掠《かす》めて剣を振り切る。

鞘から抜き放たれた剣は風を斬り、空を斬って、再び鞘に納まる。

四半刻（三十分）を過ぎると、汗が出てきた。

稽古を終えてから、朝餉《あさげ》だ。

つけものに味噌汁だけの質素な朝食。おいしそうにご飯をお代わりする。

「栄次郎はほんとうに健康だ」

兄が苦笑する。

女中から茶碗を受け取り、栄次郎はすぐにご飯をほうばる。

「あれ、兄上はもういいのですか」

「ああ、十分だ」

兄は苦笑した。

朝餉のあと、栄次郎は兄の部屋に行った。

「兄上。よろしいでしょうか」

兄の部屋の前で跪《ひざまず》いた。

「栄次郎か。構わぬ、入れ」

家長としての威厳を保つように胸を張って、口を一文字にし、いかめしい顔をしている。大番組頭《おおばんくみがしら》という役職にある。きょうは非番なのだ。

なにしろ、二日出て一日休みという勤務なのである。

父が亡くなったあと、兄栄之進尚義《えいのしんなおよし》が家督を継いで三年になる。

「栄次郎。ゆうべも遅かったな」

「はい。あの御方のお誘いを受けておりました」

「うむ。あの御方はよほど、そなたを気に入ったとみえるな」

「あの御方は端唄をよくなさいます。三味線を弾《ひ》く私が重宝《ちょうほう》のようです」

あの御方は栄次郎の三味線で唄うのが楽しいようだった。

「ゆうべ、母上はおぬしを呼びつけたが、いったいどんな用だったのだ?」

「それが、たいしたことではありませんでした」

栄次郎は笑いながら、

「あのことがばれたのかとひやりとしましたが」

栄次郎が三味線を弾き、ときおり舞台に立っていることだ。

一昨日の夜は吉原の大茶屋の海老《えび》屋で開かれた日本橋の大旦那の還暦の祝いに招かれ、兄弟子の坂本東次郎《さかもととうじろう》と共に三味線を弾き、端唄を披露したのだ。そんなことをして金をもらっていると知ったら、母は卒倒しかねない。

「そうか。ゆうべは栄次郎の帰りをやきもきして待っていたようだが、そんなことだったのか」

兄は不思議そうに言った。

「兄上。じつは一昨日ちょっと思わぬ祝儀が入りまして。きのう渡そうと思ったのですが。折りがなく」

そう言い、栄次郎は一両小判を、そっと兄の膝元に押し出した。

「栄次郎。よけいな気をつかうでない」

「いえ。どうぞ、お納めください」

兄はあまり笑みを浮かべたことはなく、いつも厳しい顔をしている。それが家長としての威厳を保つ術《すべ》だと思っているのか、そういう性分なのかわからない。

兄は栄次郎と性格がまったく違う。長男ということもあるのだろうが、兄は謹厳で、姿勢を崩さず、神経質なところもあり、武家の体面を気にしている。

一方、栄次郎はおおらかな性格で、どこかのんびりしている。性格だけでなく、体つきも違う。

ふたりとも武道で鍛えた筋肉質の体をしているが、兄の剛直な顔つきに対して、栄次郎はやわらかな顔立ちである。いってみれば、性格がそのまま顔にも出ている感じだった。そんな兄だが、栄次郎から小遣《こづか》いをもらうとき、うれしそうな恥ずかしそうな微妙な笑みを一瞬だけ浮かべるのだ。

「さあ、母上に気づかれぬように」

「そうか。いつもすまないな」

兄は素早く小判を懐に仕舞った。

栄次郎はそんな兄を好ましく思う。

「では、これで」

兄の部屋を出てから、栄次郎は外出の支度をした。

二

四つ（十時）になって、白地の小紋の着流しに二本差しで、栄次郎は本郷の組屋敷を出た。

加賀藩のお屋敷の脇を通って湯島切通《きりどお》しから広小路を抜けて、まっすぐ東に向かい、大川沿いの黒船町に行く。

そこにお秋《あき》の家がある。お秋は六年前まで矢内家に年季奉公をしていた女で、八丁堀の与力の囲われ者になっていた。もっとも世間には異母兄妹と称している。

栄次郎はお秋の家の二階の小部屋を借りていた。三味線の稽古は屋敷では出来ないので、ここに三味線を置いている。

窓を開ければすぐ大川で、船宿がいくつかあり、御厩河岸《おうまやがし》の渡し場もそばにある。その先に浅草御蔵の一番堀の白い土蔵が見える。

ときおり、仕舞い忘れの釣り忍ぶの風鈴が軽やかな音を鳴らす。

半刻（一時間）ほど三味線の稽古をしていると、梯子段を上がって来る足音がした。どうやら、向こうの部屋に客が入ったらしい。

お秋はなかなか商才があって、もうひとつの西側の部屋を密会の男女のために貸している。客のほうは、八丁堀の与力の妹の家だというので安心して利用出来るらしく、かなり申し入れがあるようだ。

そのうちに隣りの家も買い取って、そのための部屋を作ろうかしらと真顔で言っている。

お秋が顔を出した。

「お客さんが入ったみたいですね。稽古をやめます」

「あら、いいんですよ。栄次郎さんの三味線を聞きながらやるとなかなかいいんですって。今のお客さん」

「いいって何がいいんですか」

「いやだわ、栄次郎さんって」

お秋が恥じらった。

「あっ、あのことですか」

自分の糸の音がそんなものに好まれるというのも複雑な気持ちだった。

お秋が大きくため息をついたので、わけを訊《たず》ねた。

「旦那が来るんですよ」

崎田孫兵衛《さきたまごべえ》と言う。年番方与力《ねんばんかたよりき》というから、与力の中で一番偉い役職にいるということだ。そういう崎田孫兵衛は世間には妹と偽り、妾を囲っているのだから、世の中、わからないものだ。

「そうですか。じゃあ、旦那が来る前に引き上げますか」

「あら、いいじゃありませんか」

「でも、旦那とお秋さんに熱いところを見せつけられちゃ毒ですからね」

「まあ、そんな」

お秋はあわてたが、栄次郎は笑いながら、

「じつはこれから行くところがあるのですよ」

「行くところ？」

「ひとから頼まれた用で」

それからひとしきりお秋と亡《な》き父のことを話題にしてから、栄次郎はお秋の家を出た。

吾妻橋を渡っているとき、今お秋と交わした父のことを思い出した。

「旦那さまは、それは栄次郎さんを可愛がっていらしたわ。栄次郎さんの帰りが遅いと、いつも門の外まで出てうろうろしていました」

「あまり可愛がられ過ぎて、こんな腑抜けな男になってしまったのですかね」

「栄次郎さんが腑抜けだなんてとんでもない。旦那さまご自慢の息子さんだったみたいですよ」

栄次郎も父には可愛がられたという記憶しかなかった。兄はかなり父の厳しい躾《しつ》けを受けていた。それは矢内家の跡取りであるから仕方ないのだろうが、ときには兄が可哀そうになるぐらいで、そんな父は栄次郎には目がなかった。

父のことを思い出しながら歩いていて、いつの間にか吾妻橋を越え、木下川道にさしかかっていた。

西の空に赤い夕陽が沈んで行く。田畑の水が赤く光っている。木下川村に入った頃には辺りが暗くなっていた。

畑からの帰りらしい百姓に訊ね、ようやく鬱蒼《うつそう》とした辺りに正覚寺を見つけた。古い寺で、その寺の土塀を巡って裏手に出る。女が言っていた裏門が見えた。辺りは雑木林で鬱蒼としている。

裏門は閉まっている。栄次郎はその前に立った。

しばらく待っていると、暗がりから頭巾をかぶった侍が現れた。三十前後だろうか。

覗いている目つきは鋭く、殺気が感じられた。

「失礼ですが、羽村忠四郎どのでございますか」

「そうだ」

羽村は無愛想に答えた。

「お篠という女子をご存じでしょうか」

「知っておる」

「じつはこれを羽村どのに渡して欲しいと預かったのですが」

そう言い、栄次郎は懐から袱紗包を取り出した。

「よし。預かろう」

栄次郎が包を渡そうと手を伸ばしたとき、いきなりその侍が抜き打ちに斬りかかってきた。

栄次郎は飛び退《の》いた。

「何をする」

なおも上段から打ち込んできた。

栄次郎は横に倒れ込むように逃れ、起き上がるや包を懐にしまい、すぐさま刀の鯉《こい》口《ぐち》を切った。

「あなたは羽村どのではないのか」

八相に構えて凄《すさ》まじい殺気を放って、侍は迫って来た。栄次郎は居合《いあい》腰に構え、間《ま》合《あ》いに入った瞬間、剣を鞘走らせた。

相手の剣を弾《はじ》き、返す刀で相手の脾腹《ひばら》を襲い、血振るいをして刀を鞘に納めた。一瞬の動作だ。

栄次郎が再び居合腰に構えたとき、相手は腹部を押さえて片膝をついた。

「正体を見せろ」

栄次郎が頭巾の侍に近づいたとき、暗がりから剣を構えた侍が飛び出して来た。

「仲間がいたのか」

栄次郎は三人と対峙した。

「何者だ?」

栄次郎は左手で鯉口を切る。そして、膝を曲げ、居合腰に構えた。右手を柄《つか》に添えた。

ひとりが上段から斬りかかってきた。栄次郎は右足を踏み込んで伸び上がりながら刀を鞘走らせた。

栄次郎の剣は相手の刀を弾き飛ばした。すぐに、栄次郎は顔の前で大きくまわした刀を居合腰に戻しながら鞘に納めた。

黒覆面の奥の目に驚愕の色が浮かんだ。栄次郎の腕を甘く見ていたのかもしれない。

やせた侍が正眼に構えて間《ま》を詰めてきた。栄次郎も右足を前に出し、右手を柄にかけて腰を落とす。

相手が動いた。その瞬間、栄次郎は抜刀し、すくい上げてから刀を返して相手の二の腕を斬った。

その刹那《せつな》、残ったひとりが上段から斬り込んできた。後ろに飛び退く、さらに連続して襲ってきたのを栄次郎は軽く受け流し、相手が体《たい》を崩した隙に肩に一撃を加えた。

「引け」

さっきの頭巾の男が腹を押さえながら苦しげに言った。そして、他の者が倒れている仲間を連れて、暗がりに逃げた。

栄次郎はしばらくその場に佇《たたず》んでいた。ほんものの羽村忠四郎がこの近くにいるような気がしたのだ。

栄次郎は山門にまわり、境内に入った。

仄《ほの》かな明かりの灯っている庫裏《くり》に向かった。戸を開けて呼びかけると、住職らしい年配の法衣をまとった男が出て来た。

「つかぬことをお伺いいたします、羽村忠四郎とおっしゃる御方をご存じありませんか」

「羽村忠四郎……。はて、聞かぬ名ですが」

「こちらに武士が逗留していることはございませんか」

「いえ。ありませぬ」

「では、お篠という腰元ふうの女をご存じではありますまいか」

「いえ。何かございましたか。最前、裏のほうで何やらの騒ぎがあった様子」

住職が不審そうにきいた。

「いえ、なんでもありませぬ。それから、失礼ついでに提灯を貸していただけませぬか」

「どうぞ、お持ちください」

住職は寺男に命じて、明かりを点《つ》けた提灯を持ってこさせた。

「どうぞ、お使いください」

「助かります」

提灯を借り、栄次郎は裏門に戻った。

羽村忠四郎はどうしたのか。お篠と待ち合わせていたはずなのだ。考えられることは、お篠を待っているときに、さっきの侍に襲われたということだ。

栄次郎はその近くを歩き回った。提灯の明かりを樹木の陰や田圃、あるいは草むらにも当てたが、倒れている人間を見つけることは出来なかった。

羽村忠四郎は連れ去られたのか、あるいは危険を察して、事前に逃げ出したのか。

栄次郎は、どうやら羽村忠四郎の一味と勘違いされたようだ。草いきれのする田畑の中を、提灯で足元を照らしながら、栄次郎は来た道を戻った。

三

翌日、兄が登城したあと、栄次郎も屋敷を出た。

切通しの坂の上から、澄み渡った秋空の彼方に筑波《つくば》の山がはろけく眺められる。風もひんやりとして気持ちよいが、昨夜のことを思い出して、とたんに重たい気分になった。

懐を手で押さえた。預かった物の手応えがある。

ゆうべ、帰ってから袱紗包を開いてみた。蒔絵《まきえ》漆塗りの印籠《いんろう》が出て来た。ためつすがめつ眺めてみた。安いものではない。だが、命を懸け合うほどのものでもなかった。

だとすると、この印籠そのものに値打ちがあるわけではない。この中に何か隠されているのかと思ったが、中身を検《あらた》めることは躊躇した。

しかし、預かったままでいるわけにもいかない。

きょうは稽古日で、栄次郎は鳥越神社の近くにある長唄の師匠杵屋吉右衛門の稽古場に行った。

格子戸を開けると、土間に履物が一足。その鼻緒の派手な柄《がら》は新八《しんぱち》のものだった。

今、新八が稽古を受けている最中だった。新八の弾く三味線の音を聞きながら稽古の順番を待っていると、格子戸が開いて若い女がやって来た。

「栄次郎さま」

町火消『ほ』組の頭取《とうどり》政《まさ》五郎《ごろう》の娘のおゆうが笑みを浮かべた。

「やあ、おゆうさん」

栄次郎も笑いかけた。

「よかったわ。会えて」

十七歳、形がよく美しい眉に目鼻だちがはっきりしていて、ちょっと勝気な娘だ。

父親譲りなのか、意地と張りを通すおきゃんな娘だ。

三味線の音が止んだ。稽古が終わったらしい。師匠と新八の話し声がする。次の稽古の曲目を相談しているらしい。

「ねえ、栄次郎さま。明後日の約束」

おゆうが目を輝かせて言う。

「ああ、そうでしたね」

「おとっつぁんが楽しみにしているんですよ。栄次郎さんが来てくれるって。ねえ、だいじょうぶでしょう」

「おゆうさん。あっしもいいんですかえ」

新八が笑いながら入って来た。小柄だが、引き締まった体をしており、動きも敏捷だ。相模《さがみ》でも指折りの大金持ちの三男坊で、江戸に浄瑠璃の勉強に来ているという触れ込みだが、じつは新八が盗人《ぬすっと》だと知っているのは栄次郎だけだ。

もっとも盗人といっても狙うのは大名屋敷や豪商、それもあくどいことをして儲けている者を狙うのであり、栄次郎は大目に見ていた。

「新八さんはだめ」

おゆうがぴしゃりと言う。

「えっ、どうしてですかえ」

新八は大仰《おおぎょう》に目をぱちくりさせる。

「栄次郎さんを独り占めにするから」

「そんなことありませんぜ」

ふたりのやりとりを聞きながら、栄次郎は立ち上がって師匠のもとに向かった。自分の順番だった。

栄次郎は師匠の杵屋吉右衛門と見台《けんだい》をはさんで向かい合った。

「師匠、よろしくお願いいたします」

もともと師匠は横山町の薬種問屋の長男で、十八歳で大師匠に弟子入りをし、二十四歳で大師匠の代稽古を務めるほどの才人であった。

「きょうから新しいものをはじめましょうか」

師匠は四十過ぎの渋い顔立ちだ。

「師匠。今度、大和屋《やまとや》さんで弾く『越後獅子』をもう一度、浚《さら》っておきたいのですが」

「よございますよ。では、越後獅子をやりましょうか」

「はい」

蔵前の札差《ふださし》大和屋庄左衛門《しょうざえもん》は自分の家に舞台を設《しつら》えるほどの芝居好きで、月に一度、素人芝居を楽しんでいる。

そして、年に二回、歌舞伎役者を招いて自分の家で芝居を演じさせるのだ。その役者を招いての興行が来月にあり、その演目のひとつに市川玉之助《いちかわたまのすけ》の舞踊がある。

玉之助は越後獅子を踊るが、その地方《じかた》として兄弟子の杵屋吉次郎《きちじろう》こと、旗本の坂本《さかもと》東次郎《とうじろう》と共に出演するのだ。

調子を三下《さんさが》りにし、三味線を構え、息を整え、師匠のはっという掛け声をきいて、撥《ばち》を振り下ろす。前弾きがはじまる。

チン　チン　チン　トチチリチン　トチチリチン　チン　チリトチチリチン

前弾きが終わり、節付けになり、師匠が声を出す。

打つや太鼓の音も澄み渡り　角兵衛角兵衛と招かれて　居ながら見する石橋の……

何度か浚い直して、師匠は撥を置いた。

「たいへん結構でした。これなら立派に務まりましょう」

「ありがとうございました」

「前々からお話をしていた、お名取りの件ですが、もういいのではないでしょうか」

「私で十分に務まるでしょうか」

「どうしてどうして、堂々たるものでございます」

栄次郎とて、世俗の名以外にもうひとつ、別の名を持ちたいと思っている。名取りとは長唄の世界で通用する名だ。

別の名を持ち、別世界の人間になって楽しんでいるのは、町人だけでなく、武士の間でも盛んだ。中にはひとりで、いろいろな分野の名前をたくさん持っている人間もいるのだ。

遊びの世界だが、そこで腕がよければ、職人の子でも、長屋の生まれでも、その分野で師匠と呼ばれる身分になることも夢ではない。そこには世俗の人間関係とはまったく別な人間関係が生まれるのだ。

ただ、母に内緒で三味線を習っていることに負い目があった。名取りをとる前までに、母にほんとうのことを言おうと思っていながら、きょうまで来てしまったのだ。

「今度は前向きに考えてみようと思っています」

「そうですか。ぜひ、そうしてください」

辞儀をし、元の部屋に戻ると、大工の棟梁も来ていた。

「栄次郎さん。今、おゆうさんから頼まれましてねえ。どうしても明後日はおゆうさんの家に行ってやってくださいな」

おゆうに言い負かされたのだろう、新八が苦笑いして言う。

「おや、何かの祝いですかえ。いいですねえ」

大工の棟梁がうらやましげに言う。

「菊だそうです。菊を眺めながら一杯」

「なるほど。確か、頭取は細工菊が道楽とか。菊を口実に酒を呑むんですね」

おゆうはすました顔で、

「では、お稽古に」

と、立ち上がった。

「じゃあ、親方。私はこれで」

栄次郎が腰を上げた。

「栄次郎さん。今度は男同士で一杯いきましょうや」

「はい。私は呑めませんけど、おつきあいはいたしますよ」

それから、土間を出ようとしたとき、横丁の隠居が扇子を使いながら入って来た。

「おや、そんなに暑いですかえ。もう扇子の季節じゃありませんけど」

新八がからかうように言う。

「急いで来たんですよ」

「ご隠居さんはお元気そうで」

栄次郎は微笑《ほほえ》んだ。

「まあ、稽古に来るのが唯一の楽しみですよ」

栄次郎と新八はいっしょに師匠の家を出た。

「栄次郎さん。どうですかえ。どこぞでひとつ」

新八が誘い、すぐ付け加えるように、

「あっ、勘定なら心配いりませんぜ」

「いえ、そういうわけじゃありません。ちょっと人探しをしなければなりませんので」

「人探しなら、手伝いますよ」

「ところが、相手の見当もつかないのですよ。ですから、新八さんにお手伝いしていただくわけにもいきません」

栄次郎は、御高祖頭巾をかぶったお篠という女から印籠を預かり、木下川村まで届けて、襲われた話をした。

「なるほど。そいつは雲をつかむような話ですね」

　新八は顎に手をやった。

「でも、どうやらお侍さんの二つの勢力の争いに巻き込まれたのかもしれませんぜ。十分に注意してくださいな」

「ええ。わかっています」

「でも、お篠って名だけじゃ、手掛かりがなさ過ぎませんかえ」

「ただ、あの女からよい香りがしていました。髪か着物に香《こう》をたきしめているのではないでしょうか」

「伽羅ですか」

「さあ、私には香りはわかりませんが、とにかくよい香りでした。ともかく、手掛かりらしいのはその香りと、私が記憶している女の目鼻だちです。それを頼りに、まず化粧品などを扱っている店を訪ね、そういう女が客にいなかったかきいてまわってみようと思います」

「そこまでするのですかえ」

　新八が呆れたように言う。

「これはよほど大事なものに違いありません。頼まれたからには、約束を果たさねばなりませんから」

「しかし、また襲われたりしませんか」

「さあ、どうでしょうか」

「さあ、だなんて、暢気《のんき》な」

新八は苦笑し、

「それにしても、栄次郎さんはどうしてそうひとのために一文の得にもならないことをするのですか。私はいつも不思議でなりません。確か、栄次郎さんのお父上もそんなひとだったとか」

「ええ。亡き父はひとの喜ぶ顔を見るのが好きなひとでした。そういう顔を見ると、自分もうれしくなったそうです。ひとのためというより自分のためにお節介を焼いているんですよ」

「まあ、栄次郎さんのお節介病は今にはじまったことではありません。何かお手伝いすることがあったら言ってください」

「そのときはお願いいたします」

「じゃあ、私は少し遊んでいきますので。あっ、そうそう。おゆうさんのお招き、ちゃんと受けてくださいね。そうじゃないと、私が叱られてしまいますから」

柳橋の料理屋に向かう新八と別れ、栄次郎は蔵前通りを浅草黒船町のお秋の家に向かった。

栄次郎が入って行くと、お秋は飛ぶように出て来た。

「きのう帰りに寄ってくれるかと待っていたんですよ」

屋敷奉公していたときとは別人のような色っぽい女になっていた。

「すみません。ちょっと用事が長引いてしまいました。そのことで、すぐ出かけなくてはならないんです」

「えっ、もう行ってしまうんですか」

「じつは、お秋さんに教えてもらいたいことがあって寄ったんです」

「まあ。じゃあ、お茶だけでも召し上がって」

お秋は自分の居間に招き入れた。栄次郎は刀を右手に持ち替え、出された座布団に腰を下ろした。長火鉢で鉄瓶の湯がたぎっている。

お秋が茶をいれてくれた。

「お秋さん。お香のお店を知っていますか」

「あら、お香だなんておだやかじゃありませんね。どなたかへの贈り物ですか」

お秋の眦《まなじり》がつり上がった。

「いえ。そうじゃないんです」

栄次郎はあわてて、

「じつは一昨日、私に品物を預けた女のひとがいました。お篠という名前は聞いたのですが、どこの誰かわからないのです」

木下川村で襲われたという話は省《はぶ》き、栄次郎は品物を預かった経緯を話した。

「その女のひとからよい香りがしたのです。留木《とめき》かと思ったのですが」

香を焚《た》き、その香りを衣服に焚きつけたものかと思ったのだ。

「伽羅は高いし、よほどの位の方しかしないんじゃないですか。それはきっと伽羅之《きゃらの》油《あぶら》かもしれませんよ。鬢付油《びんつけあぶら》ですよ。今、女たちに流行っているようですよ」

香木の伽羅ではなく、麝香や丁子《ちょうじ》、白檀などの香料を配合してよい香りを出した鬢付油だという。

確かに、留木をするような高位の女には思えなかった。

「うちの旦那に、お店を調べてもらっておきますが、私が知っているお店は田原町に一軒、明神下と池之端仲町……」

茶を呑み終えて、刀を持って立ち上がった。まず、近くの田原町にある店に行ってみようと思ったのだ。

「あれ、もう行ってしまうのですか」

お秋が不満そうに言う。

「帰りに寄ります」

「絶対に、ですよ」

お秋は甘えるように言った。

栄次郎が居間を出たとき、ちょうど二階から誰かが下りて来るところだった。

密会の客だ。栄次郎は障子の陰に身を隠した。相手がばつが悪いだろうと思ったのだ。

お秋が急いで出て行った。

ふたりが障子の前を通って裏口に向かった。しばらくして、残り香《が》を嗅いだ。

あっと思った。お篠から感じた香りに似ている。廊下に出て、土間に立った女を見た。商家の内儀《おかみ》ふうな年増《としま》だ。男も商家の旦那のようだ。

栄次郎はふたりが出て行ったあと、お秋への挨拶もそこそこにあとを追った。

おやっと思った。ふたりのあとをつけて行く遊び人ふうの男がふたりいた。背が高く、顎の長い男と、小肥りの男だ。

男と女は蔵前通りを出たところで、右と左に別れた。男のほうは御蔵前方面に、女のほうは浅草だ。

遊び人ふうの男はふたりとも女のあとをつけた。栄次郎はふたりのあとを追った。何かよからぬことを企んでいるような様子だ。

どうやら女の身元を確かめ、恐喝でもしようというのかもしれない。男のほうを尾行しなかったのはもう正体がわかっているからではないか。女の素性を調べ上げてから、恐喝にかかる。そうに違いない。

女に追いついて尾行者のいることを知らせてやろうと足早になったとき、女が正覚寺の山門に入って行った。どうやら、お参りをしていくようだ。境内に榧《かや》の大木があったことから『榧寺』という名で知られている。遊び人のふたりは山門の横に身を隠した。

栄次郎は山門をくぐった。ふたりの男の視線が注がれているのがわかった。

女が本堂に向かって手を合わせている。

その女に並んでから、

「つけられていますよ」

と、栄次郎は教えた。

えっ、女は小さく叫び、後ろを振り向いた。山門の横から、男がこっちを見ている。

「どうしてつけているのかわかりませんが、あの連中は私が追い払いますから、あなたは裏門から行きなさい」

「は、はい」

女は三十前後。少しやつれた感じだが、色白で整った顔立ちをしていた。

「あの、あなたさまは？」

行きかけて、女は顔を戻した。

「通りがかりの者です。さあ、早く」

女は一礼して本堂の裏にまわった。

栄次郎はそのまま山門に向かった。女の動きを察したのだろう、ふたりの男が走って来た。

「何している」

栄次郎はふたりの前に立ちはだかった。

「てめえ、女を逃がしたな」

小肥りの男が白目を剝《む》いた。

「ふたりの男が女のあとをつけて行くなんて、みっともよくないな」

「この野郎」

小肥りの男が匕首《あいくち》を抜いた。

「やめなさい」

「うるせえ」

男が匕首を突き出して来た。

栄次郎は軽く身をかわし、手刀で相手の手首を打ちつけた。

「痛っ」

たまらず、男は匕首を落とした。

「このサンピン」

顎の長い男が匕首を構えて栄次郎に向かってきた。

さっと体をかわし、男の手を摑むや腰を落としてひねると、背の高い男の体が一回転して地べたに倒れた。

小肥りの男が匕首を拾って構えた。

「来るか」

と、栄次郎が刀の柄《つか》に手をやると、悲鳴を上げて小肥りの男は逃げ出した。あわてて、顎の長い男も起き上がって逃げ出した。

「ありがとうございました」

女が栄次郎の前にやって来た。

「帰らなかったのですか」

「お礼も言ってなかったので」

「そんなものよかったのです」

「いえ。そうもいきません。私は下谷広小路の……」

「いえ。名乗る必要はありませんよ」

「でも、あなたは」

女は言いよどんでから、

「あのお家の三味線のお侍さんですね」

と、意を決したように言った。

「ご存じでしたか」

栄次郎はばつが悪そうに苦笑した。

「あんなことをしてふしだらな女だとお思いでしょう」

「いえ、それはあなたの問題ですから」

「相手の方は私の主人の知り合いなんです」

「えっ？」

「私の主人は長く患《わずら》っていて、あの方から金を借りているんです。それで、つい断りきれずに……。でも、それは言い訳ですね。私も寂しさからつい誘惑に負けて」

「わかるような気がします」

「いつも、もうこれきりにしようと思いつつ、ずるずると。でも、いい潮時だと思います。相手の方は米沢町で大店《おおだな》のご主人ですから、さっきの男たちは私と両方からお金をせびろうとしていたのかもしれません」

「さっきの連中は相手の方の名前は知っているようですよ。あなたのことを調べ上げてから恐喝するつもりだったのでしょう」

「まあ。どうしましょう。あの方のことを知られているなんて」

「あなたのことが知られなければだいじょうぶですよ。もし、何かあったら、あの家に私を訪ねて来てください」

「わかりました。ありがとうございました」

また甘い香りがした。お篠のものと同じかどうかわからないが、似ているように思える。

「あの」

栄次郎は遠慮がちに口を開いた。

「不躾《ぶしつけ》なことをお訊ねいたしますが、あなたからとてもよい香りがいたします。その香りは何なのでしょうか」

「そんなによい香りでしたか」

「はい。とても」

「これはみやび香という伽羅之油です。鬢付油です」

「伽羅之油ですか。それはどこのお店でお買い求めに？」

「亀戸天満宮近くに『みやこ堂』というお店があります。そこで買い求めました」

「『みやこ堂』ですか」

栄次郎の真剣な表情がおかしかったのか、ぷっと噴き出した。

「お侍さまはどなたかに？」

「いえ。ただ、いい香りだと思いまして」

あわてて、栄次郎は答え、

「さっきの連中がどこかで待ち伏せしているかもしれません。途中まで、お送りいたしましょう」

と、裏門に向かった。

さっきの連中がこのまま引き下がるとは思えなかった。

田原町の駕籠《かご》屋で、女は駕籠を頼んだ。

「よろしいですか。念のために、駕籠は湯島天神で下り、あとは境内を通って家に帰ったほうがよろしいですよ。あとで駕籠屋からどこで下ろしたかをきくかもしれませんから」

栄次郎は駕籠のあとをつけて行く者がいないことを確認してから踵《きびす》を返した。

(みやび香か)

お篠から匂った香りがみやび香かどうかわからないが、ともかくその店に行ってみようと思った。

あの女がやって来た方角から考えて両国橋を渡って来たという可能性もあったのだ。それに、届け先が木下川村だ。亀戸の先である。そう考えると、お篠は本所辺りにある武家屋敷に奉公する者ではないかという想像が働いたのだ。

吾妻橋に近づいたとき、やはり、何者かがつけて来るのに気づいた。さりげなく振り返ると、若い遊び人ふうの男だ。

栄次郎は気にせず吾妻橋を渡った。大川には船が出ている。軽快に山谷堀に向かう猪牙舟《ちょき》、関屋の辺りで引っ返して来たらしい屋形船《やかた》から三味線と太鼓の音が聞こえた。まさか、あの御方ではあるまいと思いつつ、橋の下を屋形船がくぐっていくのを欄干から見送った。

橋を渡り切ってから侍屋敷の土塀の続く小道に出て、やがて法恩寺橋を渡り、亀戸町にやって来た。

亀戸天満宮の参詣客は多く、参道の両側に並ぶ茶店や団子屋などの緋毛氈《ひもうせん》を敷いた縁台にはたくさんのひとが座っていた。

尾行者が増えていることに気づいた。何をする気なのか。こっちの正体を探るつもりならひとりで尾行すればよい。さっきの仕返しをするつもりなのかもしれない。

栄次郎は『みやこ堂』を見つけた。それほど大きな店ではないが、みやこ堂という大きな看板が目立った。

狭い土間に入ると、甘い香りが漂う。落ち着いた感じの店だった。線香や匂い袋、白粉《おしろい》、口紅などを売っている。

栄次郎は番頭に声をかけた。

「伽羅之油はたくさん種類があるのですか」

「はい。当店では、みやび香や若春香《わかはるこう》、青柳香《あおやぎこう》などがございますが、一番人気がございますのは、みやび香でございます」

それぞれの匂いを嗅がせてもらった。微妙な違いがあるのはわかるが、栄次郎はどれがどれだかさっぱりわからなかった。

それに、あの女の香りがみやび香だったかどうかも怪しくなった。

「こちらに武家奉公の女中の客もいるのでしょう」

「はい。いらっしゃいます」

「その中に、お篠という女子に心当たりがありませんか。二十三、四ぐらいで、美しい目をしています」

常連の可能性があるので、栄次郎は確かめた。

「さあ、ほとんど女のお客さまですので、覚えてはおりません」

「このような伽羅之油を売っているお店は他にいくつかあるのですか」

「はい。かなりあります」

「このみやび香は？」

「はい。今は人気がございますからどこのお店でもみやび香を取り扱っているようですが、ことに池之端の『五香堂』さんでもみやび香が売れているとのことでございます」

「『五香堂』ですね。わかりました」

お秋の土産にみやび香を買い求め、栄次郎は『みやこ堂』を出た。

他の店にも当たってみようと思ったものの、そこに行っても、そこからお篠の正体を探ることは難しいようだった。

栄次郎は隅田川に向かった。尾行者は相変わらずつけて来る。

帰りは、御厩の渡しから船に乗り込んだ。商家の旦那と小僧、薬の行商人、芸人のような三人連れの男女が乗っていた。

栄次郎は真ん中の辺りに腰を下ろした。

船の出る寸前に、三人の男が乗り込んで来た。つけて来た男のようだ。三人とも揃って危険そうな顔をした遊び人だ。三人は栄次郎の傍《そば》に座った。

船が出た。川の真ん中に来た。三人の男がちらちら栄次郎を見ている。まさか、こんな船の上で襲って来るとは思えない。

栄次郎は波の上に浮かぶような浅草御米蔵の白い土蔵を眺めた。

船が桟橋に着くと、三人の男が船からまっさきに下りた。三人は足早に土手を上がって行った。

辺りは薄暗くなっている。

栄次郎が土手に上がると、さっきの三人のうち、ふたりが待っていた。こうやって正面から見ると、ふたりとも凶暴そうな顔をしている。

「お侍さん。ちょっとお待ちになってくださいな」

顎髭の濃い男が近づいて来た。

「なんだね」

「へい。じつは旦那にお礼をしたいって男がおりましてね。吾妻橋のほうで待っているんで、今呼びにやっているんです。ちょっと待ってもらえませんか」

「お礼を言われるような真似はしていないな。誰かと間違えているのではないのか」

「いえ。お侍さんに違いねえんで」

「なるほど。あとをずっとつけて来たってわけだな」

船から下りた者たちが薄気味悪そうに急ぎ足で過ぎて行った。

「悪いが先を急いでいるんだ」

栄次郎が行こうとすると、ふたりが前に立ちはだかった。

「お侍さん。ここを通すわけにはいかねえ」

「さきほどの男もごろつきの仲間のようだが、それほど仕返しがしたいのか」

「もう人通りもないようだ。誰に気兼ねすることなく、たっぷりお礼をさせてもらうぜ」

ふたりはほぼ同時に匕首を抜いた。

ふたりとも構えに余裕があった。匕首の扱いに相当馴れた者のようだ。

髭面は匕首を持つ手にぺっと唾を吐いた。

「行くぜ」

そう言うや、ひょいと匕首を突き出した。手慣れた動きだ。さらに連続して匕首を突き出して迫って来た。

栄次郎はあとずさりながら右や左に匕首を避けた。そして、何度目かに匕首を持つ手が伸びてきたとき、身をかわしてすぐに相手の手首を掴んだ。そして、ねじり上げた。

「痛てっ」

男が悲鳴を上げた。

そのとき、もうひとりの男が匕首を腰に構えて突進して来た。栄次郎は男の手首を掴んだまま、突進して来た男の手首に足蹴りを加え、匕首を落としたのを見て、腕をひねっていた男を突き飛ばした。

ふたりはもつれ合うようにして土手の坂を転げ落ちた。

栄次郎が立ち去ろうとしたとき、さっきの男が駆けつけて来た。榧寺で痛めた顎の長い男と小肥りの男だ。もうひとり図抜けて大きな男も走って来た。

「おう、サンピン。さっきの礼をさせてもらうぜ」

「性懲りもなく」

栄次郎は髭面を睨みつけた。髭面は首をすくめた。

「おう、やっちまえ」

大きな男が栄次郎の前に仁王立ちになった。相撲取り崩れかもしれない。

こん棒を握っている。

「脳天を叩き割ってやる」

そう言うや、無造作に巨漢がこん棒を振り下ろしてきた。

後ろに飛び退いて、栄次郎は逃れた。さらに、こん棒を振り回してくる。軽く身を避けながら、隙をついて栄次郎は大きな男の懐に飛び込んだ。そして、丸太のような太い足首にけた蹴りを入れた。

だが、男はびくともしない。栄次郎は目を瞠《みは》って飛び退いた。またも、男がこん棒を振り回してきた。風が唸る。

栄次郎が右に左によけていくうちに、大きな男の動きがだんだん鈍くなってきた。

疲れてきたようだ。

「そんなに振り回していてはすぐ疲れる」

栄次郎は挑発した。

「なんだと、この野郎」

こん棒を放り投げ、顔を真っ赤にして男が飛び掛かってきた。栄次郎は鞘ごと刀を抜き、相手の脇をすり抜けざま鞘のままで一撃を腹部に入れた。

巨漢が前のめりに倒れた。土手の下に落ちた男もはい上がって来て、四人が匕首を構えた。

「やっちまえ」

髭面が叫び、三方から迫った。

「おぬしは、さっきの内儀をゆするつもりだったのか」

「てめえの知ったことか」

「どうして、あの女の秘密を知ったのだ」

「うるせえ」

叫びながら、匕首を腰の位置に構えたまま突進してきた。剣を抜かぬと見ての体当たり戦法か。

栄次郎はひょいと右に避け、体を入れ替えざまに相手の背中を軽くつくと、男はたたらを踏んで草の上に顔から突っ込んで行った。

間を置かず、髭面が匕首を振り回してきた。栄次郎は手首を足蹴にし、怯《ひる》んだところを相手の懐に飛び込み、背負い投げで投げ飛ばした。

他のふたりは臆したように棒立ちになっていた。

「おおい、何をしているのだ」

大声がした。向こうから誰かが駆けて来る。お秋の旦那の八丁堀与力の崎田孫兵衛だった。

「おう、だいじょうぶか」

「崎田さま」

「なんだ、片づけたあとか」

残ったふたりが震えている。崎田孫兵衛が近づくと、いきなり、呻いている三人の仲間を置き去りにしてふたりは逃げ出した。

「崎田さま。どうしてここに」

「俺がお秋の家に着いたとき、土手のほうでひとが争っていると知らせに来た者がいたんだ。こいつら、なんなのだ」

呻いている三人を眺めて、崎田がきいた。

「とんでもない奴らで。じつは」

と、栄次郎は密会の男女のことから話した。

話を聞きながら、崎田は顔色を変えた。与力の家だからと安心して密会に利用している者たちの信用を失墜してしまいかねない。

「よし、こいつら。徹底的に締め上げて白状させてやる」

やがて、同心と岡っ引きが走って来た。

「おう来たか。ご苦労。こいつらをしょっぴけ」

崎田が言うと、同心は岡っ引きに命じ、三人に縄を打った。

崎田は同心に何事か囁いている。お秋の家が密会の場であることを隠すように頼んでいるのに違いない。

三人がしょっぴかれたあと、

「栄次郎。ちょっと寄っていけ。お秋がうるさいのでな」

と、崎田が言う。

「はい。帰りに寄ると約束しましたから。それに土産もありますし」

「なに、土産？」

「はい。伽羅之油です」

「ふん」

崎田は面白くなさそうな顔をした。

いっしょにお秋の家に向かいながら、

「崎田さま。さっきの連中ですが、米沢町にある商家の旦那をゆするつもりだったに違いありません。どうぞ、女のほうに災いが及ばないようにしていただけませんか」

「心配するな。あの家の客に災いが及んだら俺の面目は丸潰れだ。何事もなく、ことを穏便に済ませてやる」

「それを伺って安心しました」

お秋の家に行くと、ふたりを見て、お秋は安心したように表情を和らげた。

「さあ、栄次郎さんも上がって」

「おい。栄次郎。上がれ。たまにはつきあえ」

酒の相手だ。

「じゃあ、少しだけ」

栄次郎は酒に強いほうではないので、崎田のような大酒呑みと顔を突き合わせるのは苦手だった。

「お秋さん。これ」

「あら、なんです。まあ、これはみやび香じゃないですか」

「ええ。きっと崎田さまも喜ぶと思いますよ」

長火鉢の前にでんと座った崎田が顔をそむけた。

その夜、無理に呑まされた栄次郎はようやくの思いで屋敷に戻った。

四

九月二十六日の夕方。

栄次郎はおゆうの家の内庭に面した部屋に通された。新八もいっしょだった。おゆうの家族や親戚の者も集まっている。

庭には、菊の花が幾重にも咲き乱れていた。

おゆうの父親が懇意にしている千駄木《せんだぎ》団子坂にある植木屋が栽培してくれたのだ。巣鴨や染井村が細工菊として有名だが、この庭の菊も見事だった。

おゆうの父親が挨拶に出て来た。父親は『ほ』組の頭取で、いかにもいなせな鳶《とび》の頭《かしら》というのにふさわしい風貌だった。

若い頃は喧嘩早くて、町の暴れん坊だったという頭取は、おゆうが生まれてからすっかりひとが変わったらしい。

「栄次郎さん。ようこそいらっしゃってくれました。ゆっくりしていってください」

頭取は挨拶をした。

酒が運ばれてきて、宴になった。

しばらく経ってから、

「おゆう。栄次郎さんと何かやってみたらどうだ」

と、頭取が言い出した。

「わあ、聞きたいわ」

親戚の娘がはしゃいだ声を出す。

「じゃあ、新八さんとふたりで三味線を弾きませんか」

栄次郎が言うと、新八は、

「いや。今夜は栄次郎さんの糸とおゆうさんのふたりでやられたほうがいいんじゃありませんか」

「そうですか。でも、何を」

「この前の温習会でやった『黒髪』を、また聞かせてくださいな」

新八が言う。

「はい」

前回のお浚い会で、栄次郎の三味線とおゆうの唄で『黒髪』を披露したのだ。

おゆうが三味線を持って来た。

三下りに糸を合わせ終わって、栄次郎は静かに弾きだす。

黒髪の、結ぼれたる思いには、
解けて寝た夜の枕とて、ひとり寝る夜の仇枕……

やがて、合の手が入り、三味線の音のみが静かに流れる。

結局、その後は新八も唄い、踊って酒宴が盛り上がって、おゆうの家を出たのは五つ（八時）をまわっていた。

きのうに引き続き、少し呑み過ぎたようだ。

おゆうに見送られて外に出て、そして、新八とも別れ、栄次郎はひとり神田川沿いを西に向かって歩きはじめた。

しばらく行ってから、栄次郎は何者かにつけられているのを感じ取った。

湯島聖堂の脇の坂に差しかかったとき、ふいに前方に人影が現れた。

「何者だ?」

「懐のものをもらおう」

「懐のもの? おまえはこの前の」

ぬっと出て来た頭巾をかぶった男はこの前の侍だ。この男が頭目らしい。

「傷は癒《い》えたのか」

いきなり背後から斬りかかられた。栄次郎は身を翻《ひるがえ》し、刀を鞘走らせた。相手は腹から血を出した。

そして、すぐに刀を鞘に納めた。

敵は背後にも迫っていたのだ。頭目の侍は仕掛けてこなかった。が、もうひとりの大柄な侍が前に出て来た。覆面をしているが、眼光の鋭さが栄次郎を圧倒した。

相手は無言で抜刀した。

(出来る)

相手の構えに、栄次郎は緊張した。

鯉口を切り、腰を落とし、居合の構えをとった。酔いがいくらか反応を鈍らせている。拙《まず》い、と栄次郎は焦った。

相手はじりじりと間合いを詰めて来た。

「おう、喧嘩だ、喧嘩だ。こっちだ」

騒がしい声が近づいて来た。

「引け」

頭目らしい侍が叫んだ。いつの間にか、腹部を斬った男を仲間が連れ去って行った。

やがて、やって来たのは新八だった。

裾をつまんで、傍まで来た。

「どうも気になって追って来たんです」

「助かりました」

栄次郎はほっとしたように言った。

「何者ですかえ。ひょっとして、例の……」

「そうです。これを狙っていました。よほど大事なものが隠されているのでしょう」

栄次郎は懐から印籠を取り出した。

妙なことに巻き込まれたと、栄次郎は覚えず吐息を漏らした。

それから、新八が屋敷の近くまでいっしょについて来てくれた。ふたりなら襲われる心配もないと思ったのだが、どうやら敵は栄次郎の正体を知った可能性がある。

お秋の家から出て来たのをつけられたのだ。どうやって知ったのか。偶然に、どこかで出くわしたのか。

いずれにしろ、敵は栄次郎のことを知っていると見なければならない。

「新八さんは仕事をしているのですか」

仕事というのは盗みのことだ。

「へえ。まあ、こいつばかしはどうしようもねえもんで、たまにはどこかに忍び込まないと落ち着かないんですよ」

「褒《ほ》められたことじゃありませんが、気をつけてくださいよ」

「ありがとうございます」

「ただ、芸人としてやっていける目処《めど》がついた時点できっぱり足を洗ってください。これからは芸の道でお互いに頑張って行きましょうよ」

「栄次郎さんのお言葉、身に沁みます」

新八はしんみり言った。

本郷通りに出てから、

「じゃあ、あっしはこれで」

「新八さん。すみませんでした」

　新八と別れ、栄次郎は組屋敷に帰って行った。

　毎晩のように帰りが遅いので、栄次郎は気兼ねしながら潜り門を入り、そして裏庭から勝手口に向かった。

　どうしてわかるのか、栄次郎が台所に入って水を飲んでいると、いつの間にか母が来ていた。

「あっ、母上」

　栄次郎は棒立ちになった。

「部屋に寄ってください」

「はい」

　またも母に呼ばれた。今度こそ、お小言《こごと》を頂戴するやもしれない、と尻込みしながら母の部屋に行った。

「母上。何か御用でしょうか」

　覚悟を決めて、母に声をかける。

「また、あの御方からのお誘いです」

これまではあの御方からの誘いというと、母はうれしそうに告げたものだが、最近はなんとなく表情が固い。

「この前からあまり日が経っておりませぬのに、またのお誘い。最近、頻繁に栄次郎を誘い出すようですが、いったいどんなお話があるのでしょうか」

母は探るような目を向けた。

「いえ。とりたてて話があるわけではありません」

母は栄次郎が隠し事をしていると思っているのだろうか。確かに、あの御方が栄次郎の糸で唄うということは隠しているのだが。

「また、明日、薬研堀で待っているそうです」

「わかりました」

母の言うとおり、この前からさして時間が経っていない。そのことが気になった。

翌日の夜、栄次郎は薬研堀の料理屋『久もと』であの御方と会った。

眉が濃く、鼻梁が高く、気品がある。五十前後と思える。にこやかな顔で酒を呑む。

栄次郎はあまり酒が呑めないので、もっぱらあの御方がひとりで盃を乾《ほ》している。

栄次郎が傍にいても、栄次郎に話しかけることは少ない。ほとんど、芸妓とくだけた話をしている。

栄次郎は決してそれはいやではなかった。ただ、この御方といっしょにいるだけで、何か包み込まれるような温もりを感じるのだ。

「御前。そろそろ、喉を聞かせていただけますか」

女将《おかみ》がにこやかに言う。

「よし、栄次郎の糸で何かやろう」

その御方は楽しそうに笑った。

芸妓のひとりが立ち上がって、部屋の隅に用意してあった三味線を持って来た。

何にするか迷っているふうなので、栄次郎は勝手に弾きはじめた。すると、その御方は頷いた。

秋の夜は、長いものとはまん丸な、
月見ぬひとの心かも、更《ふ》けて待てども来ぬひとの……

高音の張りのある声で、その御方は唄い、さらに三曲ほど披露した。

ほんとうに気持ちよさそうだ。いったい、この御方はどなたなのだろう。もちろん、旗本だ。

頃合いを見計らい、栄次郎はお暇《いとま》を告げた。

「待て。栄次郎」

片手を上げ、その御方が栄次郎を引き止めた。そして、女将や芸妓たちに、

「少し座を外してもらえぬか」

と、声をかけた。

栄次郎は訝《いぶか》しくその御方を見た。

その御方が残った酒を喉に流し込んだ。

女将と芸妓が部屋を出て行ったあと、急に厳しい顔になった。

「栄次郎。最近、そのほうの身に変わったことはなかったか」

と、声を落としてきいた。

端唄を唄っていたときの表情とは別人になっている。

「変わったことと申しますと？」

「たとえば、危ない目に遭ったとか」

あのことを言っているのかと、栄次郎はますます不審に思い、

「御前は、何か私に災難が起こることを、予期なされていたのでしょうか」

と、きき返した。

「何かあったのか」

その御方は眦《まなじり》をつりあげた厳しい表情になった。

「じつは、この前、ここで御前と会った帰り、腰元ふうの女から袱紗に包んだ品物を預かりました。木下川まで行き、羽村忠四郎どのに渡して欲しいと頼まれたのです」

その御方は瞬きもせずに聞いている。

「翌日、聞いた場所に行ってみると、羽村忠四郎どのはおらず、頭巾の武士がおりました。ところが、その侍がいきなり抜き打ちに斬りかかってきたのです。仲間もおりました」

「なんと」

その御方は顔をますます厳しくした。

「それからきのう、預かった品物が目当てらしく、また同じ武士に襲われました。新たな仲間が加わっておりました」

「仲間も皆、武士なのか」

「武士でございます。おそらく、どこかの御家中で、なにやら騒動でも起きたのかもしれませぬ」

その御方は深く考え込むように目を細め、顔を斜め下に向けた。

おやっと思った。何か心当たりでもあるのだろうか。

ややあってからやおら顔を上げ、

「その品物というのは？」

と、その御方はきいた。

「これでございます」

栄次郎は懐から品物を取り出し、袱紗を開いて渡した。

「印籠か」

その御方は印籠をためつすがめつながめてから、

「中を検《あらた》めたのか」

「いえ。預かり物ですから」

「持ち主が不在では止むを得んだろう」

そう言い、その御方は印籠の蓋《ふた》を外した。

中から丸薬と共に紙切れが出て来た。

その紙切れを開き、それを栄次郎に寄越した。

「九月二十八日暮六つ。日暮里新堀村、為五郎《ためごろう》宅」

栄次郎は口にした。

どうするという目で、その御方は栄次郎を見た。

「行ってみます」

「危険かもしれぬ」

何らかの対立があり、御高祖頭巾の女、つまりお篠の属する派の者たちは、秘密裡に九月二十八日に日暮里新堀村の為五郎宅に集結することになり、そのことを羽村忠四郎に知らせに行く途中、対立する派の者に見つかった。それで、たまたま居合わせた栄次郎に品物を預けたというわけだろうか。

羽村忠四郎は襲われたのか、うまく逃げ延びたのか。いずれにしろ、お篠という女中に会って、約束が果たせなかったことを告げ、この印籠を返さなければならない。

この紙切れに記された日時は明日だ。もはや、役目は果たせなくなったが、後始末をつけなければならない。

「この印籠さえ返せば、私も解放されますから」

「十分に注意をするように」

その御方は難しい顔をした。

確かに、敵は栄次郎の動きを摑んでいるとみなければならない。日暮里に行くのをつけられるかもしれない。尾行に十分注意をしなければならないと思った。

「ここからの帰りはだいじょうぶか」

「はい。気をつけて帰ります」

それでは失礼しますと、栄次郎は『久もと』をいつものように先に引き上げた。

尾行されている気配はなかった。きのうのきょうで、続けて襲って来るとは思えなかったが、用心深く、わざと遠回りをし、湯島にやって来た。

月が輝いている。酔っぱらいが奇声を発して横切って行った。

湯島天神の境内を突っ切って切通しの坂に出ようとして男坂に向かいかけたとき、新内《しんない》の前弾きの『流し』が聞こえてきた。

栄次郎は足を止めた。三味線の心を揺さぶる音色。こんなやるせない音を出せるのは……。誘われるように、その音のほうに向かっていた。

風がまわっているのか、向こうの路地から聞こえた三味線の音が、今度は反対の町角から聞こえる。

料理茶屋にさしかかったとき、かんのきいた声で振り絞るように語る新内が耳に入った。栄次郎は黒板塀に沿って裏手にまわった。

だが、そこに誰もいなかった。音はもっと向こうからだった。

暗がりに居酒屋の提灯の明かりが見えた。その手前に、手拭いを吉原被りにした新内流しがいた。店の中の客に聞かせているのだ。

一段と声に艶を増している。春蝶《しゅんちょう》だ。

この春先、加賀の国の宮古太夫《みやこだゆう》という名人に会いに行く旅に出た春蝶が、帰って来ていたのだ。

だが、栄次郎は門付《かどづ》けをしている姿に痛ましさを覚えた。これだけの技量があれば、名人ともてはやされても決しておかしくはないはずだ。

感傷に浸っていて、語りが終わったことにも気づかなかった。春蝶は祝儀をもらい、暖簾の前から離れて行った。栄次郎はあとを追った。春蝶のあとから子どもがついて行くのがわかった。

「春蝶さん」

栄次郎は追って行き、声をかけた。

「おお、栄次郎さん」

振り向いた春蝶の顔は痩《や》せて、春に別れたとき以上に眼窩が深く窪んでいた。

「いつお帰りに」

なつかしさに、栄次郎は胸がいっぱいになった。

「十日前です。すぐに栄次郎さんに、ご挨拶にお伺いしようと思っていたのですが」

そう言って、傍にいる子どもに目をやった。

栄次郎は目顔《めがお》で問うた。

「ちょっとわけありの子でしてね。吉松《よしまつ》と言いますが、三島からいっしょにやって来やした。この子の面倒もみなきゃならず、そんなこんなで、ご挨拶が遅れて申し訳ございませんでした」

「いえ。とんでもありません」

「今、あっしはこの男と組んで流しているんです」

そう言って若い男を紹介した。

若い男は会釈した。痩せた男で、目だけが異様に大きい。

「この吉松は、どうしても流しについて来るって言うので連れて歩いていました」

吉松は自分のことが話に出ていることを知って、少し怯えた様子でいるようだった。

「吉松。おいで」

春蝶が呼んだ。

吉松が恥ずかしそうに近寄った。

「ご挨拶しな。矢内栄次郎さまだ」

「吉松でございます」

「よろしく」

栄次郎は整った顔立ちの子どもに声をかけた。六歳ぐらいだろうか。

「栄次郎さん。ちょっと相談したいこともあります。近々お会い出来ないでしょうか」

「わかりました。明日、お伺いします。今、どちらにお住まいですか」

「いえ、とんでもねえ。あっしが出向きます」

「いえ、気にしないでください」

「すいやせん。今、千駄木の権助店《ごんすけだな》に住んでおります」

場所を聞いてから、まだ流して歩くという春蝶たちを見送ったが、夜の遅い時間に、子どもを連れての流しは痛ましくもあり、栄次郎は切なくふたりを見送った。

春蝶たちの姿が角に消えてから、栄次郎は湯島天神の境内を抜けて切通しに出て、本郷の屋敷に戻った。

台所に行くと、案の定母が出て来た。

「ただいま、帰りました」

母は何か言いたそうだったが、そのまま部屋に引き下がった。

自分の部屋に入ると、兄が入って来た。

「栄次郎。最近、どうも母上の様子がおかしい」

「おかしいとは？」

一瞬、病気の懸念をしたが、そうではないらしい。

「おまえがあの御方に会いに行くと、帰って来るまで落ち着きをなくしているのだ。これまではそんなことがなかったのに」

「私もそれを感じていました」

はじめてその御方と会ったのは、今年の春先だった。母が半ば強引な形で引き合わせたのだ。

寺の庫裏《くり》で頭巾をかぶった五十前後の武士と会った印象はよかった。初対面のような気がしなかった。それは多分に端唄好みという点が一致していたからだろう。どこか同じ種類の人間という安心感だったのかもしれない。

「あの御方と会ってどんな話をしているのだ？」

母も気にしていたことを、兄がきいた。

「特別な話などしていないのです。あの御方が長唄や端唄が好きで、私の三味線に合わせて唄われるのを楽しみにしているみたいです」

「それだけか」

兄は腕組みをした。

「兄上、何か」

「いや、なんでもない。もう、寝るとしよう」

あわてて兄は立ち上がり、栄次郎の声が聞こえなかったかのように部屋を出て行った。

いったい、兄は何を考えついたのだろうか。

やはり、あの御方とのことは気にかかる。

だいたい、父と懇意にしていた、あるいは父が恩を受けたというならば、兄を誘うべきではないのか。

栄次郎が三味線を弾くということを知り、それで栄次郎を指名してくるのだろうか。いや、それだけではない。三味線を弾かせるためだけなら、何も栄次郎を呼ばなくとも芸妓がいれば十分なのだ。

あの御方は、いつかこんなふうに言っていた。

「そなたの父とは親しいつきあいをしていた。そなたと語らっていると、亡き父上といっしょにいるような気がしてくる」

しかし、だったら、それは兄のほうがふさわしいように思えるのだ。なにしろ、風貌は兄のほうが父にそっくりなのだ。父もいつも気難しそうな顔をしていた。兄もいつも厳しい顔をしている。ふたりとも根はやさしいひとなのだが、風貌は印象が違う。父はひとが困っているのを見るとほうっておけない質《たち》だった。その点はまさに栄次郎がその血を引いている。

不思議なことはまだある。

一橋家から月々の手当てが、矢内家に届いているということだ。二百石取りの御家人である矢内家がそれなりな暮らしが出来るのも、この手当てのおかげなのだ。なぜ、そのような金が矢内家に渡ってくるのか。

そのことがやけに頭に残って、栄次郎はなかなか寝つけなかった。

一橋家は相当に父に恩誼を感じている、つまりそれだけのことをしてあげたということだろう。それが何なのか、想像もつかない。

それから、あの御方が今年になって突然、栄次郎を招くようになったことも妙だ。なぜ、最近になって、栄次郎を呼びつけるようになったのだろうか。

いつの間にか、寝入ったようだ。目覚めたとき、朝陽が部屋の中に射していた。あわてて起きた。

五

朝、夜半から降りはじめた雨が上がってから、栄次郎は団子坂の近くの裏長屋に春蝶を訪ねた。

狭くて汚い棟割り長屋だった。この長屋は貧しい芸人が多く住んでいるらしい。長屋が傾《かし》いでいるのか、両側の軒が迫っていて、路地を狭くしている。春蝶の家は奥から二番目の家だった。

軋む腰高障子を開けると、吉松という子どもが春蝶の腰を揉んでいた。

春蝶はゆっくり起き上がった。

「栄次郎さん。汚ねえところですが」

吉松がその辺のものを片づけた。

「ありがとう」

栄次郎は吉松に礼を言った。

「ちょっとお稲荷さんにお参りに行ってきます」

吉松はていねいに言い、外に出て行った。

「気をきかしたんですよ」

　春蝶が吉松のことを言った。

「あの子はずっとあっしに気をつかっている。世話を受けていることをしっかと受け止めているのですよ。流しに出るときにもついて来るのは何か手伝いたいと思っているんです。いじらしいほどです」

「春蝶さん。相談があると言いましたね。ひょっとして、吉松のことですね」

　加賀の国で、宮古太夫と会ったのか、会ってどうだったのかと、春蝶の話を聞く前に、吉松の話題になった。

「そうです」

　春蝶は頷き、

「加賀から帰る途中、沼津でこの子の母親と知り合いまして。ところが、箱根を前に母親が急の病にかかって亡くなっちまったんです」

　母と子は、ふたりで江戸に下る途中だったという。

「母親が今際《いまわ》の際《きわ》に、この子を江戸の父親のもとに、送り届けてくれと、言い残しました。じつは西国のある藩の者らしいのですが、母親は病気に罹《かか》ってしまい、もう長くは生きられない。せめて、吉松を父親に会わせたいという一心で、江戸に向かったんだそうです。でも、江戸を前に力尽きてしまったってわけです」

　その母親はさぞかし心残りだったろう。

「母親は最近になって、父親の居場所がわかったそうです。江戸から戻った藩士が父親に会ったと母親に教えたということでした」

　春蝶は辛そうに続けた。

「あっしは母親に吉松のことは引き受けたと約束しました。そしたら、母親は安心したように息を引き取りました。母親は三島のお寺さんに埋葬してもらいました」

「そうですか。春蝶さんと出会えたというのは幸せでしたね」

　栄次郎はしんみりした。

「ところが、江戸に着いて、母親の言っていた道場を訪ねてみれば、もうそこの道場を辞めたあとでした。どこへ行ったのか、誰も知らないというのです。たぶん、国許《くにもと》の人間に居場所を突き止められたと知って、道場を辞めたに違いありません」

「いったい、父親は国許で何をしたのですか」

「詳しくはわかりませんが、なんでも家老の倅を斬り殺して、逐電《ちくでん》したということです」

「お尋ね者か、仇持ちということでしょうか」

「そんなことだと思います。それで、吉松といっしょに暮らして、昼間は父親探しを続けているんです」

「で、父親の名前は？」

「鶴見作之進《つるみさくのしん》と言うそうです」

「鶴見作之進ですね」

「あっしも歳だ。いつどんなことになるとも知れず、それより明日の食い扶持にも困るありさまで、吉松に満足なことをしてやれねえ。それで、栄次郎さんにおすがりしようかと思ったんですが、そんなこと頼むのも気が引けましてね。それで、栄次郎さんにご挨拶に伺うのをためらっていたんですよ。だって、事情を知ったら、栄次郎さんはほうっておけないたちですから」

春蝶は申し訳なさそうに俯《うつむ》いた。

「わかりました。お引き受けしましょう」

「えっ、いいんですかえ」

「父親に会わせてやりたいという母親の遺志をくんでやりましょう。それに、父親を知らない吉松に、ぜひ父親に会わせてやりたいですからね」

栄次郎は頼まれるまでもなく、吉松のために一肌脱ぎたいと思った。

「じつは、私が部屋を借りている家がありましてね。そこの内儀《おかみ》さんは以前に、私の屋敷に奉公していたことがあるのです。その内儀さんに頼んでみますよ」

栄次郎はお秋のことを話した。

「そうしていただけますでしょうか」

「わかりました」

「よかった。これで安心だ。父親の行方がもっと早くわかるのなら、どうってことないのですが、今の様子じゃ、父親を探すのは時間がかかりそうですからね。吉松をいつまでもこんなところに置いておくのも可哀そうですからね」

「春蝶さんも、安心してください。きょうこれからそこに行って頼み、明日にでも吉松を迎えに来ます」

「栄次郎さん。このとおりだ」

春蝶は畳に額をつけるようにした。

「それより、春蝶さんのことです。宮古太夫には会えたのですか」

改めて、栄次郎はきいた。

「会えませんでした。宮古太夫は旅に出ておりました」

春蝶は皺だらけの首を横に振った。

「そうですか。会えなかったのですか」

きのうの艶のある声を聞き、また春蝶は腕を上げたと感心していた矢先だったので、宮古太夫に会えなかったというのは意外だった。

そのことを言うと、春蝶は、

「山中温泉というところに、盲目の新内語りがいました。その方の語りを聞いて、あっしは身内が震えるほど感動を覚え、それと同時に、自分を恥ずかしく思いました」

「恥ずかしい？」

「その語りは新内を語るだけでなしに、語り手の人生をも語っているのです。あのような無名の者にとてつもない名人がいる。目から鱗がとれる思いでした。あっしにはうぬぼれがあったんですよ。俺の語りは一番だと思っていたのです。その鼻をへし折られたんですよ」

春蝶は富士松《ふじまつ》一門にいたが、師匠から破門された。俺は師匠を抜いたと自負していたらしい。

それが無名の盲目の新内語りに出会って目が覚めたのだという。

「宮古太夫には会えませんでしたが、おかげで、もっと得難いものを手に入れたような心地《ここち》です。山中温泉には、耳の肥《こ》えたお客も湯治に来られており、よい修行の場となりました」

江戸に戻ったのは、師匠の許しを乞い、もう一度、富士松一門に入って修行をし直す決意なのだと、老木のような春蝶は言った。

「師匠が許してくれるかどうかわかりません。今、私の兄弟弟子だった富士松土佐太夫《とさだゆう》に師匠との仲立ちを頼んでいるところです」

そのとき、戸の開く音がした。

「ただ今、帰りました」

吉松が帰って来た。

「吉松。ちょっとここに」

春蝶が手招いた。

吉松は座敷に上がり、栄次郎の横、春蝶の向かいに腰をおろした。

「吉松。そなたはこれから栄次郎さまのお世話になるのだ。よいな」

吉松が一瞬、悲しそうな目をした。

母を亡くしたあと、ずっと春蝶と寝食を共にしてきたのだ。情も移っている。それは春蝶も同じだった。

「そなたの父を探すにしても、わしでは思うようにいかない。栄次郎さまにおすがりするのだ。よいな」

春蝶は言い含めるように言う。

「お父上探し、私も及ばずながら力になろう」

「ありがとうございます」

吉松はていねいに辞儀をしてから、

「でも、お師匠さまはおひとりになられてしまいますが」

と、春蝶の身を案じた。

「わしの心配はよい」

「吉松。春蝶さんに会いたければいつでも会える。そなたの新しい住まいは浅草黒船町と言って、大川の傍だ」

「はい。よろしくお願いいたします」

次に、吉松は春蝶に向かい、

「長い間、お世話になり、ありがとうございました」

と、深々と頭を下げた。

「吉松。明日の今時分迎えに来る」

はい、と吉松はしっかりした声で応じた。

それから栄次郎は不忍池をまわり、侍屋敷の立ち並ぶ一帯を通り抜け、三味線堀の脇を通って黒船町のお秋の家にやって来た。

栄次郎が入って行くと、驚いたことに旦那の崎田孫兵衛が来ていた。どうやらきょうは非番らしい。

「お秋さん。お願いがあるのですが」

敷居の手前で、栄次郎は口を開いた。

「なんですか、改まって」

お秋が水臭いと言った。

長火鉢の前の崎田は面白くなさそうな顔をしている。

「じつは、父親を探しに江戸に出て来た男の子を、しばらく預かっていただきたいのです」

「なんだと」

崎田が不服そうな声を出した。

お秋は崎田の声を聞かなかったように、

「どうして、栄次郎さんが？」

と、訝しげにきいた。

「新内語りの春蝶さんから頼まれたのです」

栄次郎は経緯を語った。

「栄次郎さんの頼みですもの、よござんすよ」

「お秋」

「旦那、いいじゃありませんか。いじらしいじゃないですか、その子」

お秋はもう決めている。

「ちっ」

崎田は火箸をつかんで灰に思い切り突き刺した。

「旦那」

と、栄次郎はきいた。

「この前のごろつきはどうなりましたか」

「あいつらか」

崎田は与力らしい峻厳な態度になって、

「しょっぴいた連中があっさり白状した。あの連中は、密会相手の男の内儀から頼まれたそうだ」

「米沢町の商家の主人ですか」

「そうだ。亭主に女がいるのではないかと嫉妬した内儀が、ごろつきを雇って、亭主の相手の女を突き止めさせようとしたのだ。ごろつきのほうは女からも金を威《おど》しとろうとしていたようだ」

「ひどい連中だ。で、女のほうは？」

「いや。何も気づかれておらん。男のほうも、これからおとなしくなるだろう。ただ、おまえさんには、女が金を借りていて、男の誘いを断り切れなかったと答えたそうだが、男に言わせると、女のほうから誘いをかけてきたってことだ。まあ、互いに自分を正当化しているんだろうが」

「でも、あの女のひとに、災いが及ばずにすんでよかった」

「この家の得意先が一組減ったがな。まあ、信用を傷つけずに済んでよかったというべきだろう」

与力の妹の家だということで、安心して密会に利用している者が多いのだ。その信用を保ったということのほうが大きいと、栄次郎は思うのだ。

夕暮れにはまだ間のある頃、栄次郎はお秋の家を出た。

途中まで船で行くか、駕籠に乗るか、迷ったが、無駄な金を使わなくとも自分には健脚があると、栄次郎は歩いて日暮里に向かったのだった。

尾行者に気をつけた。つけられている心配はなかった。

浅草馬道から山谷町を通り、小塚原《こづかっぱら》から西に折れた。傾きだした陽が正面から射す。

田畑の中に寺や大名の下屋敷が見え、前方に谷中《やなか》の天王寺が見えて来た。

あの門前も娼家が並び、賑やかな場所だ。一度、富裕な商家の旦那に呼ばれ、門前にある料理屋で三味線を弾いたことがあった。

新堀村は天王寺の高台の下に広がっている。村に入り、畑作業から引き上げてきた百姓に為五郎の家をきいた。

百姓は首を傾げ、

「為五郎は一年前に亡くなり、今はそこは廃屋になっておりますが」

と、教えてくれた。

そこは隣りの百姓家から少し離れており、防風林に囲まれていた。

その家に近づいた。廃屋だと言っていたが、雨戸は開いていた。お篠の仲間が集まっている可能性があった。

栄次郎は入口に立った。が、返事がない。ふと、木下川村でのことを思い出した。

あのときの再現のようだ。

その恐れが的中したように、土間から黒い影が出て来た。

「おまえは」

頭巾で面体《めんてい》を隠していても首領格の侍だということはわかる。

「なぜ、ここに」

相手から返事がない。どうして、この男が先回り出来たのか。羽村忠四郎という侍はどうしたのか。

いつの間にか、黒い影に囲まれていた。

「ここで死んでもらう」

背後で、刀を抜く音が重なって聞こえた。

さっと、栄次郎は体の向きを変え、左手で刀の鯉口を切り、右手を柄に当てた。最初の一撃が上段から襲って来た。栄次郎は足を踏み込み、刀を鞘走らせた。すくい上げた剣が相手の二の腕を斬った。悲鳴を上げて、相手が倒れた。さらに返す刀で、横合いから斬りかかってきた侍に、袈裟懸けで同じように二の腕を斬り、すばやく刀を鞘に納めた。地べたに、ふたりの侍が同じように二の腕を押さえて転がっていた。

残りの敵に居合腰で向かうと、ぬっと大柄な侍が現れた。この前の腕の立つ侍だ。覆面の下で、鋭い眼光が威圧してくる。

相手は無言で抜刀した。正眼の構えに、一分の隙もない。恐怖心に襲われ、栄次郎は緊張した。

静かに間合いを詰めてくる。深呼吸をし、栄次郎は自然体で立った。緊張がほぐれ、体の余分な力が抜けて行く。

栄次郎はだらりと両手を下げ、肩の力を抜いている。敵の間合いを詰める足が止まった。その目に不審の色が浮かんだ。栄次郎が棒立ちでいるのを訝ったようだ。

そのまま敵は動かなかった。正眼に構えた敵と立ち姿の栄次郎が向かい合ったまま、時が流れた。

焦《じ》れたほうが負けだ。月が叢雲《むらくも》に隠れ、また顔を出す。そのたびに、月明かりを受けて、二つの影がくっきり浮かぶ。

「何をしているか」

首領格の侍が焦れて叫んだ。第三者から見れば、棒立ちの男に手出しをしないことが歯がゆいのだ。

風が梢を鳴らした。再び、間合いを詰めて来た。相手が迫る。さらに間合いが詰まり、切っ先が触れ合う間に入った。だが、敵は仕掛けてこない。栄次郎の体も自然体のままだ。もはや、栄次郎は無心の境地に入っていた。恐怖心もなにもない。すべて無だ。

首領格の侍がまた何か叫んだ。その刹那、ついに敵が動いた。

栄次郎は腰の刀に手をかけ、鯉口を切り、腰を落として刀を鞘走らせた。敵の上段からの攻撃が栄次郎の頭上に襲いかかったとき、栄次郎の剣は横一文字に相手の腹を斬っていた。

勝負は一瞬だった。栄次郎がさっと横に移ると、今まで栄次郎が立っていた場所に、敵が倒れ込んだ。

栄次郎は左手を放し、柄を握っている右手拳をこめかみまで上げ、剣を振り下ろし、血振りをし、剣を鞘に納めた。

「おのれ」

首領格の侍が唸った。

いつの間にか、新たに黒覆面の侍が増え、七人が抜刀して栄次郎を取り囲んだ。

凄まじい気合で上段から斬りかかって来た。栄次郎は鞘走らせ、横一文字に相手の胴を斬り、振り向きざまに背後の敵の胴を突き、さらに右手にいた侍に上段から斬り込んだ。

あっと言う間に、三人が倒れた。

だが、あと四人、いや首領格のを入れたら五人だ。

「こしゃくな」

首領格の侍は懐から何かを取り出し、素早く栄次郎に向かって投げつけた。

栄次郎が剣で払うと、灰が散った。目つぶしだ。

「卑怯な」

栄次郎は続けざまの目つぶしの攻撃に目を開けていられなくなった。

そこに剣が振り下ろされた。栄次郎は目を瞑《つむ》ったまま下からすくい上げて相手の剣を払い、袈裟懸けに斬り下げた。

さらに、背後からの攻撃に身を翻し、横一文字に相手を倒した。

目が染み、涙が出て来た。なおも敵の剣が栄次郎に迫った。

そのとき、地を蹴る音が聞こえた。

「助太刀致す」

武士の声だ。たちまち、敵は新たな闖入《ちんにゅう》者と刃を交えた。

その間、栄次郎は手拭いで目を拭いた。

ようやく目が落ち着いてきて、視力が戻って来た。その目に、壮年の武士が黒覆面の侍を圧倒している光景が飛び込んだ。

やがて、敵は散った。その際、倒れている仲間をかついで連れ去った。

「お怪我はございませんか」

壮年の武士が刀を納めて近づいて来た。

「ありがとうございました。助かりました。失礼ですが、どちらさまでしょうか」

「たまたま通りかかったもの。名乗るほどの者ではございません。では、失礼」

その侍は逃げるように去って行った。

月明かりは何事もなかったかのように、辺りの風景を浮かび上がらせていた。

第二章　出生の秘密

一

一夜明けた。雨が降っていた。昨夜半から降りはじめ、今はかなり強い雨脚《あまあし》だった。いつもの居合の稽古は無理だった。栄次郎は部屋の真ん中で瞑想した。

ゆうべ、日暮里から帰った栄次郎は、なかなか寝つけなかった。なぜ、あそこに首領格の侍が待ち伏せていたのか。

考えてみればいろいろ不審なことがある。あの御高祖頭巾の女に頼まれた場所に行ってみると、待っていたのは羽村忠四郎ではなくあの侍だった。そして、昨夜もその侍が待っていた。

まるで、栄次郎を待ち伏せしていたかのようだ。いや、そうだったのかもしれない。

あの連中の狙いはこの俺だったのかと、栄次郎は眉根を寄せた。

そう考えれば、すべて説明がつく。あのお篠という女は栄次郎と知っていて、わざと追われている振りをして声をかけたのだ。栄次郎を木下川村の正覚寺裏手に誘《おび》き出すためだ。

湯島聖堂の脇で襲われたのも、印籠が欲しかったわけではない。狙いは栄次郎だったのだ。二度の失敗。だが、敵はもうひとつの策を練っていた。それが、あの印籠の中の文だ。

あの文も、栄次郎を日暮里まで誘き出すためのものだ。すると、あの首領格の侍が羽村忠四郎という男なのかもしれない。

なぜ、そのようにまわりくどいことをしたのか。考えられることは、殺す動機を隠すためということだ。栄次郎は何らかの争いに巻き込まれて命を落としたことにする。それが目的ではなかったか。

では、栄次郎を殺そうとするほんとうの動機は何か。皆目見当がつかない。

と、栄次郎は思い出したことがあった。

先日、あの御方と会ったときのことだ。あの御方はこうきいた。

「最近、何か変わったことはなかったか」

今になって思うには、あの御方はこのことに予想がついていたようだ。

(そうか)

と、栄次郎は気がついた。

昨夜助けてくれた武士。たまたま通りかかったと言っていたが、あのような場所をあの時間に通りかかるのは不自然だった。

あの御方が差し向けた助っ人に違いない。栄次郎があの場所に行くことを、あの御方は知っていたのだ。

雨がまだ激しく降っている。

自分がなぜ狙われたのか。その理由はわからないが、あの御方は知っている。いや、あの御方の周辺で何かの異変が起こっているのかもしれない。

午後になっても雨が止まなかった。しかし、きょう吉松を迎えに行く約束をしてあった。きょうは兄は登城した。母は実家に出かけている。

下男に見送られ、栄次郎は雨の中を高下駄を履き、番傘を差して門を出た。

加賀殿の屋敷沿いに追分まで行き、そこから根津権現の裏手を通って千駄木にやって来た。

そこまで来たときには雨もだいぶ小降りになっていた。

だが、長屋の路地に入ると、雨水が両側の廂《ひさし》から滝のように路地に降り注ぎ、難渋して春蝶の家の前に立った。

腰高障子を開けると、薄暗い部屋で、吉松が座っていた。傍らに風呂敷包があった。

「栄次郎さん。吉松の支度は出来ております」

「じゃあ、行きましょうか」

「もう行きなさいますか」

春蝶が少し寂しそうな目で言う。

「早いほうがいいでしょう。別れるのが辛くなるでしょうから」

「そうですね」

春蝶が力なく頷く。

「吉松。行こうか」

栄次郎が声をかけると、はいと吉松は応じた。が、その目に涙が滲んでいるのを見た。春蝶と別れるのが辛いのだろう。

「春蝶さん。黒船町のお秋さんのところにもときたま顔を出してやってください」

「へえ。ありがとうございます」

春蝶は礼を言ってから吉松に顔を向け、

「お父上に会えるさ。吉松。それまで頑張るんだ。いいな」

「はい。春蝶さんもお体に気をつけて」

吉松は涙声になった。

「吉松。短い期間だったが、そなたといっしょで楽しかった」

春蝶は若い頃さんざん浮名を流したらしい。子どももいたそうだ。捨てた子どものことと重なっているのだろう。

「じゃあ、行きな」

春蝶が顔を背けて吉松に言った。

「外で待っています」

栄次郎は外に出た。幸い、雨は上がっていた。

木戸のところで待っていると、吉松がやって来た。春蝶が出て来ないのは別れが辛いからだろう。

今度は不忍池の縁《ふち》を通り、池之端から下谷広小路を突っ切った。途中、水たまりが出来、道もぬかるんで歩きづらかった。

「吉松。おぶろう」

栄次郎が足を止めた。

「だいじょうぶです。まだ、歩けます」

「だいぶぬかるんでいる。足が汚れるから」

　栄次郎がしゃがんで背中を向けると、しばらく迷っていたようだが、吉松は遠慮がちに栄次郎の背中に手をかけた。

背中に吉松の温《ぬく》もりを感じながら、栄次郎はお秋の家の近くまで背負って来た。

「ここだ」

栄次郎が言うと、吉松は緊張した顔で頷いた。

土間に入り、声をかけると、お秋がすぐに出て来た。

「まあ、来たのね。さあ、こっちへ」

お秋は吉松の顔を見て、

「まあ、りりしい子だこと」

と、いっぺんに気に入ったようだった。

女中が濯《すす》ぎの水を持って来た。

「夕飯は何にしましょうね」

お秋は浮き浮きしているようだった。

よかったと、栄次郎は安心した。お秋ならちゃんと面倒をみてくれるはずだ。

夕飯を馳走になり、栄次郎はまだ夜の早い時刻にお秋の家を出た。何者かに命を狙われている今、用心に越したことはない。

途中、湯島切通しの暗がりにさしかかったときは覚えず周囲に神経を配ったが、何事もなく坂を上がって行った。

湯島天神の屋根が闇に沈んでいる。風が草木を鳴らした。

敵の狙いが栄次郎だったとしても、それはあの御方とのつながりから来るのではないだろうか。

あの御方の周辺で、今何かが起きているのだ。敵は皆武士だ。無頼漢ではない。そういうことからも、あの御方が何らかの騒動の渦中にいるとしか思えなかった。

今夜は何事もなく屋敷に帰り着いた。

部屋に入ると、女中が、母が呼んでいることを告げた。

「すぐお伺《うかが》いすると伝えてくれ」

「はい」

女中が去った。

何用か訝りながら、母の部屋に行った。

「栄次郎です」

部屋の前で跪いて声をかけた。

「お入りなさい」

襖を開け、部屋に入ると、母は仏壇の前に座っていた。灯明が上がっている。

母の横で、栄次郎も合掌した。父の位牌と兄嫁の位牌が二つ並んでいる。

しばらくして、母が振り向いた。

「栄次郎。あの御方から明日、会いたいと言って来ました。いえ、夜ではありません。昼間です。いつものお寺さんです」

「わかりました」

「栄次郎。そなた……」

母が何か言いかけたが、すぐに目を逸《そ》らした。

「母上、どうかなさいましたか」

「いいえ。なんでもありませぬ」

そう言ってから、母は仏壇に目をやった。

「父上は、そなたのことを自慢の伜だとよく仰《おつしや》っておいででした」

最近、母の様子がおかしい。あの御方が頻繁に栄次郎を呼び出すことと関係があるのではないか。

「母上。きかぬ約束だったかもしれませぬが、あの御方はいったいどなたなのですか。いえ、父上が一橋卿にお仕えしていた当時に、お世話になったことは聞いております。名前を教えていただけませぬか」

母は顔を戻した。

「母の口からは申せません。明日、あの御方がお話しなさるかもしれませぬ」

「母上」

「もう、よろしいですよ。さあ、おさがりなさい」

もっとききたいことがあったが、母は話してくれそうにもなかった。

「失礼します」

栄次郎は辞儀をし、片膝を立てたとき、

「お待ちなさい」

と、母が声をかけた。

何を思ったのか、母は近寄って手を伸ばした。

母の手は栄次郎の襟元に届いた。

「糸くずが」

母は言った。

母の目尻が濡れているように思えた。

「母上」

「さあ、おやすみなさい」

母は仏壇の前に移動した。

もはや声をかけるのも憚《はばか》られた。

部屋を出て行くと、ふと廊下に消えた影があった。兄のようだった。やはり、兄も何かが気になっているのだ。

自分の部屋に戻って、栄次郎はあることに考えが行っていた。もはや、そのこととまっとうに向き合わなければならないのだと思った。

微かに感じていたことだ。だが、それはあり得ないと思っていた。いや、考えるのもおぞましいものと、避けていたといったほうが当たっているかもしれない。

私は父上の子なのだろうか。矢内家の次男坊なのだろうか。

あの御方とはじめて会ったとき、ふと包み込まれるような温もりを感じた。初対面とは思えぬほどに、栄次郎は心を裸に出来た。

そして、毎月届けられるあの御方からの手当て。

栄次郎が父の血を受け継いでいると思うのは、お節介な性格だ。自分の中にあるそういう性分は紛《まぎ》れもなく父と同じものだ。

だが、そうだとしたら、なぜ栄次郎は三味線に興味を持つようになったのか。浄瑠璃の世界になぜ心を引かれるのか。

それこそ、あの御方と同じではないか。

最近の母の苦悩の表情。その原因はあの御方の出現と無関係ではない。

なんということだ。栄次郎は愕然としないわけにはいかなかった。今まで、矢内家の次男として、兄の陰で気楽に生きてきた自分に出生の秘密があるとは想像だに出来ないことだった。

いや、そんなことは考え過ぎだ。あの御方は小さい頃、自分をあやしてくれたことがあったのだ。だから、なつかしい思いがしただけであって、父親だと考えること自体がおかしい。

俺は矢内家の子だ。そう自分に言い聞かせたものの、またも疑惑に包まれていた。

二

翌日、まだ夜が明けきれぬうちに起きて、栄次郎は刀を持って庭に出た。

裏庭の薪小屋の横に枝垂《しだ》れ柳の木がある。柳が風に揺れていた。

栄次郎は柳に向かい、静かに膝を曲げ、居合腰に構えた。左手の親指で鯉口を切り、右手を柄に添える。

頭の中に立ち込めている黒いものを追い払うように、栄次郎は右足を踏み込んで伸び上がりながら刀を鞘走らせた。

黒い影を上下に斬り裂くや、すぐさま顔の前で大きくまわした刀を居合腰に戻しながら鞘に納める。

まだ黒い影が蠢《うごめ》いている。呼吸を整え、再び抜刀する。黒い影が執拗に栄次郎の心から去らなかった。

黒い影の正体はわかっている。己の出生の秘密に関する疑惑だ。

やがて、額や頸のまわりに汗が滲んできた頃になって、ようやく東の空が白みはじめてきた。

半刻（一時間）近くも剣を振り続け、栄次郎が疲れを覚えたとき、ふと背後にひとの気配を感じた。

「兄上」

栄次郎は剣を素早く鞘に納め、刀を腰から外して右手に持ち替えた。

「栄次郎。何を苦しんでいるのだ」

兄の表情も苦痛に歪んでいるようだった。

「兄上。私は……」

栄次郎は言いさした。

あとの言葉が続かなかった。

「きょう、あの御方とお会いするそうだな」

「兄上は何かご存じなのですか。母上から何かをお聞きになられているのではありませんか」

兄は腕組みをして柴垣の向こうに目をやった。東の空が明るくなっていた。

「兄上」

栄次郎は兄の背中に呼びかけた。

「栄次郎。母上は何も仰られない。だが、おまえのことに絡んでの諸々のこと、私にも思い当たることがある」

「私は父上の子ではないと？」

「言うな。そんなばかなことがあってたまるか。だが」

「だが、なんですか」

栄次郎には胸の底から突き上げてくるものがあった。

「栄次郎。たとえどんな事態になろうと逃げるな。己が幸せになる道を歩むのだ。よいな。母上や俺のことなど考えずともよい。自分のことだけ考えろ」

そう言い残し、兄は家の中に戻って行った。

重苦しい中で、朝餉をとった。兄もふだんと変わらぬ態度をとっていたが、いつもより食が進んでいなかった。


屋敷を出て、加賀前田家の上屋敷前の追分《おいわけ》で、中山道と日光御成街道とに分かれる。

栄次郎は左に道をとり、やがて片町にある寺にやって来た。

そこの庫裏の座敷に通されて待っていると、やがてあの御方が入って来た。

「栄次郎。ご苦労だったな」

「はっ」

栄次郎は緊張して答えた。

もしかしたら、この御方は自分の父親かもしれない。そう思う一方で、いやそれはあり得ないと思う心が葛藤していた。

「栄次郎。日暮里での件、やはりそなたを狙った者だ」

その御方ははっきり言った。

「やはり、助けに入ったのは御前の差配《さはい》だったのですね」

「万が一を考えて、そこに向かわせた」

「御前。いったい、私のまわりで何が起こっているのでしょうか。御前はいったいどなたさまでございますか」

栄次郎は立て続けにきいた。

「今は聞かぬほうがよい」

「なぜでございますか。なぜ、私が狙われなければならないのでしょうか」

栄次郎は膝を進めた。

「そなたの命を奪おうとしている人間がいたことは間違いない。だが、もうそうはさせない」

「なぜ、私の命を？　そのわけをお聞かせください」

「しばらく待つのだ。今は言えぬ」

「御前は、私の命を狙った者の正体をご存じなのですね」

「うむ」

否定をしなかった。

「その理由も？」

「それ以上は言うな」

「御前。もしや御前は……」

私の父ではないか、という言葉が喉元まで出かかった。だが、口に出せなかった。

「栄次郎。機が熟したらすべてを話す。それまで辛いだろうが待て」

納得いかなかった。

「では、これだけをお答えください。私は矢内家の父の子でありましょうか。それとも、私の出生には秘密が隠されているのでしょうか」

「栄次郎。今は言えぬ」

「御前」

栄次郎は声を喉に詰まらせた。

答えないのが答えになっている。矢内家の伜であれば否定すればいいだけだ。

「栄次郎。もうそなたに危害を加えんとする者はいないと思うが、用心に越したことはない。夜のひとり歩きは十分に気をつけるように」

その御方はさらに、

「残念だが、そなたと薬研堀で会うのもしばらく中止だ」

「私には何がなんだかさっぱりわかりません」

栄次郎はやりきれぬように言う。

「しばらく待つのだ」

その御方は同じ言葉を繰り返した。

「栄次郎。また、会おうぞ」

その御方は早々と立ち上がった。

「御前」

襖の前で、その御方は振り返った。

「なまじ、そのような立派な人間だったばかりに」

嘆息混じりに意味ありげなことを言い、その御方は部屋を出て行った。

栄次郎は黙って見送った。

(なぜ、何も仰ってくれないのだ)

自分を襲った人間を、あの御方は知っているのだ。あの御方がなんらかの行動を起こしたため、もう栄次郎を襲撃することは出来なくなったのかもしれない。

あの御方は一橋卿に関係ある御方であることは間違いない。

今の一橋家の当主は四代斉礼《なりのり》である。父が仕えていたのは二代の治済《はるさだ》卿であった。

治済卿は現十一代将軍家斉《いえなり》の実父であり、自身は大御所として権威を誇って来たが、最近は大御所としての権威にも翳《かげ》りが見えはじめていた。

あの御方はこの治済卿に連なる者であろうことは推察出来る。

一橋家は田安家と並び、八代将軍吉宗が立てた御家である。将軍家に跡継ぎがない場合は清水家を入れた御三卿の中から跡継ぎが選ばれるのだ。

将軍家の親戚に当たり、藩ではない。したがって家来がいるわけではなく、旗本などの幕臣が出向の形でお仕えするのだ。

あの御方の身分から考えて、おそらく二代治済卿近くにお仕えしていたに違いない。するると、家老だろうか。そうかもしれない、と栄次郎は身の引き締まる思いがした。

しばらく心を落ち着かせてから、栄次郎は寺を辞去した。

組屋敷に戻ると、兄が書物を読んでいた。きょうは非番だったのだ。なにしろ、二日出て一日休みという勤務なのである。

非番の日は兄はほとんど登用試験の勉強をしている。母がやかましいこともあるが、兄も決して勉強が嫌いなわけではないようだった。

「兄上。お邪魔してもよろしいでしょうか」

「おう、帰って来たか」

兄は膝の向きを変えた。

「母上の姿が見当たりませぬが」

「お出かけになった」

「そうですか。どこへ行かれたのでしょうか」

「さあ、何も仰ってはいなかった」

まさか、あの御方と別な場所で会われているのではないか。あの御方が早々と引き上げたのはそのためではなかったのか。むろん、栄次郎のことで相談があるのに違いない。

「で、どうだったな」

兄が気がかりだったようにきいた。

「あの御方は何も教えてはくれませんでした。まだ、その時期ではないと」

「ほう。すると、何用でそなたを呼び出したのであろうか」

「わかりません。ただ、私を襲った連中はもう二度と襲うことはないと、あの御方は仰いました」

「なに、そのようなことがあったのか」

「はい」

栄次郎は襲われた一件を話した。

「そうか。そんなことが……」

「でも、もうだいじょうぶだということですから。それより、兄上。あの御方の正体なのですが」

栄次郎は身を乗り出し、

「おそらく二代治済卿の家老か、それに近い形でお仕えしていた御方ではないでしょうか。それならば、武鑑か何かで調べることは出来ませんか」

「武鑑か。いや、どなたかにきいてみよう。しばらく時間がかかるかもしれないが、調べてみよう」

そう言ったあとで、兄は深くため息をついた。

「栄次郎。私は前々から思っていたのだが、そなたは父上にも母上にもあまり似ていない」

「兄上。何を仰るのですか」

栄次郎はあわてた。

だが、栄次郎の声が聞こえなかったかのように、兄は続けた。

「亡き父上はそなたをずいぶん可愛がった。子どもの頃、正直、私は嫉妬を覚えたこともあった」

「兄上」

兄の意外な告白に、栄次郎は混乱した。まさか、兄がそのように思っていたなどと想像したことはなかったからだ。

「そなたは私にないものを持っている。父上はそなたのそういうところに期待していたのかと思っていた。いや、栄次郎。誤解しないでくれ。私はそなたを妬《ねた》んでいたのではない。そなたの才能を生かしてやりたいと思っていたのだ。だが、いかんせん次男坊という定めがそなたの才能を殺していた。出来ることなら、そなたに家督を譲ってもいいと思っていたのだ」

「兄上。何を仰るのですか」

兄がそこまで思っていてくれたことを知り、栄次郎は胸が熱くなった。

「じつは父上に、そのことを進言したことがあった。すると、父上が烈火のごとくお怒りになられた。何を申すか。矢内家の跡継ぎはおまえしかいないのだと。私はそのとき父上の愛情というものを感じ取ったのだ。そなたに嫉妬していた自分を恥ずかしいと思った」

栄次郎は胸が疼《うず》いた。

「だが、今になって思う。そなたは我が家にとって、特別な存在だったのだと」

「兄上」

何か言わなければならない。だが、言葉が出てこなかった。

「最近、そなたの身に関わることで何かが起きているのだ。そのことを母上は知っている。母上の苦しんでいるのはそのことに違いない」

「兄上。私は矢内家の人間です。兄上の弟です。違いますか」

「そうだ。私の弟だ。大事な弟だ」

そう言うと、兄は見台に向きを戻した。

兄は何かを必死に耐えている。そんな感じだった。

かける言葉も見つからず、栄次郎は頭を下げて引き下がった。

廊下に出ると、晩秋の空は青く澄み渡っていた。

三

翌朝、栄次郎は黒船町のお秋の家に行った。

女中が出て来て、

「内儀さんは吉松さんを連れて、観音様まで行きました」

と、言った。

二階に行くと、隣りの部屋から女のうめき声が聞こえてきた。もう密会の男女が入っているのだ。そうか、これがあるからお秋は吉松を外に連れ出したのかと合点した。

栄次郎は部屋に入り、刀掛けに刀を掛け、三味線を取り出す。札差大和屋での舞台の日が迫っていた。

密会の男女の耳を気にしながら、越後獅子を小さな音で浚っていると、客の帰る声が聞こえた。

部屋を出て、梯子段を下りて行く足音がした。

栄次郎は安心して思い切り弾いた。

　チンチン チントチチリチン
　トチチリチン チン　チリトチチリチン
　撥が糸を弾《はじ》き、冴えた音が響く。

　栄次郎は部屋住の身であり、明るい将来が約束されているわけではない。それどころか、よい縁組がなければ一生部屋住で過ごすしかない。それは兄に迷惑をかけることだ。

　兄嫁は去年、流行り病で急逝《きゅうせい》した。兄の嘆きは尋常ではなかった。が、矢内家を守って行くためには兄は後添いをもらい跡継ぎを作らねばならない。

　栄次郎がいつまでも居候を続ければ、後添いの来手がないかもしれない。そう思うと、兄に申し訳なくなる。

　だが、栄次郎は婿にも養子にも行く気はなかった。ゆくゆくは三味線弾きとして生活していきたいと思っているのだ。

　もはや武士の時代ではない。それに、固苦しい武士の暮らしは苦手だった。いずれ武士を捨てるつもりでいる。

　だが、母にはまだ言えない。母がそれを知ったときの衝撃、悲しみ、怒りがどれほどのものか想像がつくからだ。

いつか言わねばならない。だが、いつ口に出せるか。そう悩んでいたのだが、それよりはるかに大きな問題が目の前に迫っていた。

自分は矢内家の人間ではないかもしれないのだ。今まで考えもしていなかった事態に遭遇し、栄次郎は戸惑うしかなかった。

二度浚って撥を置いたとき、梯子段を上がってくる足音がした。

障子が開き、お秋が顔を覗かせた。

「お稽古中ですか。それならあとで。終わるまでお待ちしますから」

お秋が顔を出した。

「いえ、一休みしようと思っていたところですから」

栄次郎が三味線を脇に置くと、お秋と吉松が入って来た。

「観音様に行って来たって」

栄次郎は吉松にきいた。

「はい。父上に会えるようにお願いして参りました」

「うむ。きっと会える」

「はい」

「吉松さんが栄次郎さんにお礼が言いたいんですって」

栄次郎はお秋から吉松に目を向けた。

「いろいろ私のためにありがとうございました」

小さい体を二つに折って、吉松は丁寧に辞儀をした。

「いや、痛み入る」

栄次郎はかえって戸惑うぐらいだった。この子をしつけた母親の品性のよさが想像された。

「いろいろ吉松さんのことを聞きました。なんとか、お父上に会わせてあげたいわ」

お秋が痛ましげに眉を寄せて言った。

「私もいっしょに探そう」

栄次郎は吉松に向かい、

「吉松は、お父上の顔もご存じないのだな」

と、きいた。

「はい。私が生まれたときには故郷を出て行かれてしまったあとです。母は、私が訊ねれば、父のことを話してくれました」

「どんなお父上だったのかな」

「はい。武芸に秀で、曲がったことの嫌いなひとだったそうでございます。母はよく私にこう仰いました。おまえの父上は立派なお侍さまでした。誇りに思うのです。父上のように立派な人間になりなさいと」

「なるほど。素晴らしい御方のようだ、吉松のお父上は」

栄次郎はほっとしたように言ったが、なぜ、吉松の母を残して故郷を出奔したのか。そのことが気になった。

「お父上はなぜ江戸に出かけたのか、母上から事情を聞いたか」

「不正を働いた同僚を斬ったためだとお聞きしました」

不正か、と栄次郎は呟いた。それがどういうものか。吉松が六歳だから、出奔してから約五年が経ったことになる。

「お父上に会ったら何を言いたい？」

栄次郎はきいた。

「はい。会って母上のことをお話して差し上げたいと思います」

そう言う吉松の目が濡れているのに気づいた。母を亡くし、吉松にはまだ見ぬ父親しかいないのだ。

お秋も袂《たもと》を目に当てた。

「私は母上と兄上がいるが、父上は三年前に亡くなった。きっと、いつか父上に会えよう。そのとき、恥ずかしくないように心を強く持つのだ」

「はい」

吉松が懸命に涙を堪えているのがわかった。

「母上のことを強く念じれば、きっと母上の魂が吉松さんに会いに来ますよ」

お秋が言うと、吉松は顔を上げ、

「ほんとうに会いに来てくれるでしょうか」

と、真剣な眼差しを向けた。

「ああ、きっと来る。母上は吉松の元気な姿を見れば、きっと安心なさるだろう」

「はい。母上に安心していただきとう思います」

吉松は明るい声を出した。

きょうは父の祥月命日だった。栄次郎は昼過ぎにお秋の家を出て、屋敷に戻った。

それから、母と兄と三人、それに奉公人を伴い、谷中の菩提寺に向かった。

お経を上げてもらい、それから墓地に向かった。

父と兄嫁の墓の前に立った。

（父上。私は父上の子ですよね）

栄次郎は内心で問いかけた。

それから、屋敷に帰って仏壇の前に座った。

今年は母も兄もいつになく硬い表情であった。例年なら父の思い出話がたくさん出るのだが、今年はあえて父の話題を避けているように思えた。そのぶん兄嫁の話が多くなり、その不自然さを皆感じながら、過ごした。

あれからまだ日は経っていないが、あの御方の言うように、襲撃者はもう現れないのだろうか。あの御方の言うことだから間違いないように思われるが……。

結局、何の紛争に巻き込まれたのかはわからず仕舞いだった。

十月三日。この日、札差の大和屋の自宅で、歌舞伎が興行されるのが恒例になっていた。

大和屋庄左衛門は自分の家に舞台を設《しつら》えており、月に一度、素人芝居を楽しんでいる。それ以外に初春の踊りの会をはじめ、年に何回か踊りの会を、そして、四月と十月には自分の家で役者を招いて芝居を打たせるのだ。

めったに芝居見物など出来ない庶民のために大和屋は自宅で芝居を打たせたのだ。

もちろん、誰でも自由に見物することが出来る。

きょうは歌舞伎役者を招いての芝居であり、その演目のひとつが市川玉之助の舞踊であった。

広い庭に設えた客席に各商家の奉公人だけでなく、商家の旦那や内儀、それに武士もいれば、長屋の住人などもたくさん来ている。

栄次郎は楽屋として使われている座敷に入った。師匠の杵屋吉右衛門に挨拶に行ったあと、兄弟子の杵屋吉次郎こと、旗本の次男坊である坂本東次郎の前に行き、

「どうぞ、よろしくお願いいたします」

と、挨拶をした。

「きょうの市川玉之助は名うての踊り手だ。しっかりやろうじゃないか」

はい、と返事をし、栄次郎は出番が近づいて、徐々に気持ちが高まっていった。

最初の芝居が終わり、いよいよ舞踊で、市川玉之助の『越後獅子』。

栄次郎は舞台の後ろで横一列に並ぶ地方《じかた》の中に三味線を抱えていた。踊りをする者を立方《たちかた》といい、唄や三味線など伴奏を受け持つひとを地方という。三味線の他に鳴り物、すなわち笛や太鼓が入っている。

栄次郎は脇三味線を受け持っている。居並ぶ中で首座を務めるひとを立《たて》といい、そ

れに対するのが脇《わき》である。立三味線は兄弟子の杵屋吉次郎、立唄は浄瑠璃の師匠杵屋吉右衛門である。三味線弾きや唄い手も何人かが地方として並んでいる。

内庭に敷かれた緋毛氈の色がわからないほどに、見物客で埋まっている。こういうときしか芝居を見物出来ない者たちがたくさん来ているのだ。そして、その向こうの座敷の中央に大和屋庄左衛門や家族、親戚、知人、そして招待客が並んでいる。

幕が開き、前弾きがはじまった。

やがて、師匠杵屋吉右衛門の唄が入る。

打つや太鼓の音も澄み渡り

角兵衛角兵衛と招かれて　居ながら見する石橋の……

さすが当代きっての名人と呼ばれた市川玉之助の踊りは華やかで品があり、客席を魅了して終わった。

札差の大和屋は有り余る財産を、芸人たちの後援に積極的に使っている。大和屋のような後援者によって江戸の芸能は支えられているといってよい。

幕が閉じようとしたとき、僅かな隙間から客席の女が見えた。その顔を見て、栄次郎は覚えず声を上げそうになった。

お篠だ。印籠を預けた女に似ていた。


栄次郎は楽屋に戻らず、舞台をまわって女を追った。

裏道を堀にまで出た。すぐに踵を返し蔵前通りまで行ったが、女の姿はなかった。

栄次郎は入口にいる番頭にきいた。

「今、ここを出て行った女のひとをご存じですか」

「いえ。見かけないお顔でした。なにか」

「いえ、いいんです」

栄次郎は大和屋の楽屋として使っている座敷に戻った。

しかし、さっき見かけた女のことが気になってならなかった。

その日の舞台を終え、栄次郎は三味線を片付けた。

さっき見かけたのがお篠と名乗った女に思えた。あそこにいたのは偶然だろうか。

それとも……。

もう襲撃はない。あの御方がそう言ったとおりに、あれから何事もなく過ぎた。

やはり、似ているが人違いだったのかもしれない。お篠という女がここに芝居を見に来るとは思えない。

そう思おうとしたが、なんとなくすっきりしなかった。

「栄次郎さん。どうなすったのですか」

楽屋の手伝いをしていたおゆうが傍にやって来た。

「えっ？」

「なんだか、ぼうっとしちゃって」

「いえ。なんでもありません」

おゆうは疑わしげな顔をした。

栄次郎を亡き者にしようとしたのだから、あの連中にはよほどのことがあったのだ。

それをあの御方の一言で、すべてが丸く納まるのだろうか。

いったい、あの騒ぎはどう決着がついたのか。栄次郎は気になった。

ふと気づくと、おゆうが心配そうに見ていた。

四

十月四日の夜。庭に青白い月明かりが射している。三味線の音が微かに聞こえて来るだけで、物音ひとつ聞こえてこない。

　ここは深川仲町にある高級料理屋『名月』の奥座敷だった。人払いして、芸者衆が部屋を出て行くと、急に人里離れた場所にいるように感じられた。

　今、座敷にいるのは尾張藩上屋敷の用人江藤新左衛門《えとうしんざえもん》と小舟町の化粧品店『麗香堂』の主人藤右衛門《とうえもん》のふたりであった。

　藤右衛門は膝を進め、

「ところで、江藤さま。私に頼みとは何でございましょうか。藤右衛門、なんでもお手伝いをする所存でございます」

　と、声をかけた。

「うむ。じつはな」

　江藤新左衛門は声をひそめた。

「向こうに知れてしまった」

「向こうと仰いますと、一橋……」

　藤右衛門はあわてて口を押さえた。

「はっきりと証拠を摑まれたわけではないが、少し手が出しづらくなった」

「何度か、罠にはめたと聞きましたが、矢内栄次郎と申す者、それほどの遣《つか》い手でございましたか」

「少し甘く見ていたようだ。田宮流抜刀術の達人だ。こうなっては、少しほとぼりが冷めるまで襲撃は控えねばならぬ」

「ですが、その間に栄次郎の身の処し方が決まっても困ります」

「そこだ」

江藤新左衛門は身を乗り出し、

「そちのほうで誰か腕の立つ男を探してもらえないか。つまり、我が藩とは無関係に、あの者を始末したい」

と、目を鈍く光らせた。

「わかりました。腕の立つ浪人はいくらでもおりましょう」

藤右衛門は頭の中で知り合いの武芸者を何人か思い浮かべた。

「矢内栄次郎は並の腕ではない。よほどの者を探すのだ」

「わかりました」

「もし、ことがうまく運べば御家老の覚えもめでたくなるはずだ」

はっ、と藤右衛門は頭を下げた。

用人は江戸家老と下々との取り次ぎをする。家老、中老、用人の順位になっており、藩の有力者である江藤新左衛門の言葉は重たい。

ことがうまく成った場合には、『麗香堂』は藩御用達になることが出来るはずだ。

「頼んだぞ」

そう言ったあと、江藤新左衛門は手を叩いた。

その音に、廊下で待っていた女将が襖を開けた。

「話は終わりました」

藤右衛門は女将に言った。

芸妓が入って来て、再び座が賑わった。

江藤新左衛門は呑みっ振りがよかった。体も大きく、顔の血色もよい。

新しい酒が運ばれて来た。

芸者が三味線を弾き終えると、江藤新左衛門がふと思い出したように、

「そう言えば、あやつも三味線を弾くそうだ」

あやつとは矢内栄次郎のことだ。

「三味線を、でございますか」

「うむ。なんでもきのうも踊りの舞台で三味線を弾いていたらしい」

三味線を弾くとははじめて聞いたが、藤右衛門の中で、矢内栄次郎に対する印象が

違った。田宮流抜刀術の達人という剛直な性格の男を思っていたのだ。どんな男だろうかと、藤右衛門は興味を覚えた。

江藤新左衛門は両脇に芸妓を従え、気持ちよさそうに盃を空《あ》けている。

「では、江藤さま。私がひとつ」

藤右衛門は芸妓の三味線で、伊勢音頭を唄った。

伊勢はナー津《つ》で持つ　津は伊勢で持つ
尾張名古屋はヤンレ城で持つ

「結構、結構」

江藤新左衛門は上機嫌だった。

それからしばらくして、

「さてと、そろそろ引き上げるか」

と、盃を置いた。

「あら、もうお帰りですか」

芸妓が残念そうに言う。

「また来る」

江藤新左衛門はよろけそうになりながら立ち上がった。

「気持ちよく、酔ったわい」

芸者に体を支えられて、江藤新左衛門は玄関に向かった。

すでに乗物が門の前にやって来ていた。

「それでは江藤さま。お気をつけて」

供の侍がふたり脇についている。

「藤右衛門。さっきのこと、しかと頼んだぞ」

急に厳しい顔つきになって言い、江藤新左衛門は乗物に乗った。

藤右衛門はその乗物に向かって深々と頭を下げた。

「旦那。呑み直しましょうよ」

女将が乗物を見送った藤右衛門に声をかけた。

「いや。今夜は引き上げることにしよう」

「あら、そうですか」

女将ががっかりしたように言う。

江藤新左衛門から頼まれたことがひっかかっており、藤右衛門はのんびり酒を呑んでいる気持ちの余裕はなかった。

「お供は？」

女将が心配する。

「いや。途中で見つける」

そう言い、女将や芸妓に見送られて、藤右衛門は歩き出した。途中で、駕籠を拾うつもりだったが、まだあのことを考えながら、藤右衛門は永代橋まで歩いてきた。

矢内栄次郎は相当腕が立つようだ。そんな相手に互角以上に立ち向かえる人間がおいそれと見つかるだろうか。

藤右衛門はもう一度、幾つか知っている町道場を思い浮かべてみたが、その門弟はしかり、師範代にもそれほどの腕の者は思い浮かばなかった。

三十五歳になる藤右衛門は、今は『麗香堂』という化粧品屋の主人として、いっぱしの商人面をしているが、もともとは風呂敷包の行商から身を起こしたのだ。

藤右衛門がここまで伸《の》してきたのは、妹お吉《きち》のおかげであった。妹が江藤新左衛門の妾になったからである。その妹の口利きで、藤右衛門は尾張藩に出入り出来るようになったのだ。とはいえ、まだ正式に藩御用達にはなれなかった。だが、ここでお役に立てば、その道が開けるのだ。

知り合いの道場主に相談してみようと思ったとき、ふいに地を蹴る足音が聞こえ、前方で人影が揺れた。

ひとりの小柄な男が三人の浪人者に囲まれていた。

「権蔵《ごんぞう》。覚悟しろ」

浪人がいっせいに抜刀した。

「旦那。どこだ、旦那」

囲まれた男が喚《わめ》いた。

そのとき、横から長身の侍が現れた。こっちも浪人者だ。小柄な男はすぐにその侍の背後に隠れた。

「なんだ、おまえは」

浪人者のひとりが叫び、剣先を長身の侍に突きつけた。

「邪魔だ。どけ」

「そっちこそ怪我をしないうちに引いたらどうだ」

長身の侍が言う。

「なにを」

浪人者三人が、いっせいに長身の侍に向かった。次の瞬間、何が起こったのか、藤右衛門には定かにわからなかった。

気がついたとき、浪人者三人が地べたに臥していたのだ。

「心配するな。峰打ちだ。よいか。これに懲りて、もう狙うのはやめることだ」

長身の侍は切っ先をひとりの男の鼻の頭に触れるように突きつけて威したあと、さっと刀を引いて鞘に納めた。

「さすがですぜ。でも、どうしてこいつらの息の根を止めちゃわねえんですね。また、狙って来る」

小柄な男が不満そうに言った。

「俺の仕事はあんたの身を守ることだ。この者たちを殺す必要はない。それに、もうこの者は襲ってはきまい」

「旦那。そいつは甘いですぜ」

小柄な男がそう言い、倒れている三人の傍に立ち、懐から匕首を取り出した。

「やめるんだ」

「旦那がやらないならあっしがやるしかねえ」

「だめだ。やるなら、この者たちの怪我が治ってから、改めて闘え」

「そんなべらぼうな」

「ともかく、もう済んだのだ。行け」

「冗談じゃねえ。俺は旦那の雇い主だ。雇い主の言うことが聞けねえのか」

「じゃあ、今から雇い主でもなんでもない」

その侍は踵を返した。

小柄な男は呆気に取られて侍を見送った。

はっと我に返り、藤右衛門は長身の侍のあとを追った。

油堀川に差しかかったとき、長身の侍がいきなり振り返った。

「俺に何か用か」

藤右衛門も立ち止まり、

「私は小舟町で『麗香堂』という化粧品店を営んでおります藤右衛門と申します。今の立合いを見させていただきました。お見事な腕前、感服いたしました」

「で？」

無愛想にきく。

「あなたさまのその腕を買いたいと思いまして」

「いくらで買う？」

「お望みしだい」

侍が冷たく笑った。

「いやな仕事のようだな」

「決して」

侍が踵を返し、歩き出した。

「どうぞ、お名前を？」

「名乗るほどの者ではない」

「では、お住まいを。どうぞ、お住まいを教えてください。改めてお願いに上がります」

「来てもらうような住まいではない」

「私は諦めませぬ」

藤右衛門は去って行く侍の背中に向かって辞儀をした。

使える。まだ、これだけの剣客がいたのかと、藤右衛門は感動さえ覚えた。

さっきのようなつまらない男の用心棒をしていたぐらいだから、金には困っているはずだ。金次第で、人間は転ぶ。それが人間なのだと、藤右衛門は思っている。あの侍を味方に引き入れるのはそう難しくない。

そう思うと、藤右衛門は自分でも気づかないうちに、不敵な笑みを浮かべていた。

五

日暮里での襲撃から八日経った。

なぜ、自分が襲われなければならなかったのか。自分がどんな騒動に巻き込まれたのか、それがわからないことに、心がとらわれているが、襲撃がなくなったことは間違いなさそうだった。

これなら安心して、吉松の父親探しに歩きまわれると思った。

その日、いったんお秋の家に寄ってから芝神明町に行こうとしたら、吉松が、

「私も連れて行ってください」

と、訴えた。

「ちと遠いが」

「だいじょうぶです。歩けます」

吉松は目を光らせて言った。

襲われる心配がなくなったので、吉松を巻き込む恐れはない。

「わかった。もう一度、春蝶さんが行った道場に行ってみるつもりだ」

「はい」

「お秋さん。そういうわけですから、吉松といっしょに行って来ます」

「わかりました。気をつけて」

曇り空だが、雨の降る心配はなさそうだった。栄次郎は吉松を連れて芝神明町に向かった。

蔵前通りから浅草御門を抜けて、そのまままっすぐ馬喰町から小伝馬町を通り、日本橋の大通りに出た。

今度は大通りを南に向かう。日本橋を渡り、京橋、新橋を渡り、やがて愛宕山下から広大な増上寺の脇を通って、ようやく神明町に入って来た。

ここまでおよそ一刻（二時間）。吉松は疲れも見せず、頑張っていた。

ひとに訊ね、神崎《かんざき》八《はち》之助《のすけ》の道場の前に立った。

看板には『一刀流・神崎八之助』となっている。近所の話では、勤番侍や町火消『め』組の暴れん坊が多く、かなり乱暴な稽古で有名だという。

玄関に入り、声をかけた。

出て来たのは稽古着姿の若い男だった。

「私は矢内栄次郎と申します。こちらに鶴見作之進という師範代がおられたとお伺いして参りました」

「鶴見さまは、もうここにはおりませんが」

若い男はじろじろ栄次郎を見た。

「道場主の神崎八之助さまにお会いしたいのですが」

「留守です。また、改めてお出でください。先生には矢内さまがお見えになったことと用件を伝えておきます」

「たいして時間をとらせません。どうか、お取り次ぎを」

「いえ、留守なのです」

「では、師範代の方でも」

「稽古中ですので」

「待たせてもらいますから」

そんな押し問答をしているとき、奥からがっしりした体格の男が現れた。

「俺が師範代だ。一合《ひと》わせいたそう。上がって来い」

いきなり、男が言った。

「待ってください。私は仕合いに来たのではありませぬ」

「道場に来て、物を頼むのは仕合いをしてからだ。そなたが勝ったら、会わせてやろう」

師範代は横柄に言う。

なるほど。乱暴だ。栄次郎は半ば強引に道場に連れ込まれた。

道場内は凄まじい喧騒だった。気合が充満している。獰猛な感じの侍や腕っぷしの強そうな町人が大勢いて、激しい稽古をしていた。

吉松の手が栄次郎の袖を摑んだ。

「だいじょうぶだ」

栄次郎は安心させるように言う。

「やめい」

師範代が大音声《だいおんじょう》を放つと、一斉に稽古が止んだ。

「誰か、この者と手合わせをする者がおるか」

すると、我も我もと、何人もの門弟が名乗りを上げた。どうやら腕試しをしたい連中がうじゃうじゃいるらしい。

「よし。飯倉源五郎《いいくらげんごろう》。相手をしてやれ」

飯倉源五郎は、目のつり上がった凶暴な感じの男だ。獲物を得た狼のように涎《よだれ》をたらさんばかりに立ち上がった。

「仕合いは木剣だ。よいか」

飯倉源五郎は壁際に行き、木剣を手にした。栄次郎も無造作に手に取った。

「よし、一本勝負だ」

立合い人の師範代が声をかけた。

腰を落として、栄次郎は飯倉源五郎と木剣で対峙した。栄次郎は田宮流抜刀術の達人であっても、木剣では居合の術がきかない。

だが、栄次郎の強みは居合だけではないことだ。田宮流抜刀術の道場だけでなく、栄次郎は父の知り合いの浪人から馬庭念流の指導を受けている。

栄次郎と源五郎は静かに腰を上げた。両者正眼に構えていたが、栄次郎の体から発散された気が木剣に乗り移り、剣先が源五郎の動きを封じ込めていた。

源五郎は正眼から上段に、上段から八相に構えを直していたが、じりじり後退していた。栄次郎は無意識のうちに前に出ていた。

源五郎は壁に追い詰められた。苦し紛《まぎ》れに打って出てくれれば栄次郎の思うつぼだ。

だが、怪我をさせたくない。

栄次郎は相手の戦意を喪失させるようになおもすさまじい気力で間合いを詰めた。

源五郎が冷や汗をかきはじめていた。

「それまで」

師範代が勝負ありを告げた。

栄次郎は木剣を下ろし、元の場所に戻ろうとした。その刹那、源五郎は凄まじい気合で上段から木剣を振り下ろしてきた。栄次郎は腰を落として振り向きざまに相手の脾腹に木剣を打ちつけ、さっと源五郎の脇をすり抜けた。

源五郎はたたらを踏んで前のめりに倒れた。

「今度は俺が相手だ」

血相を変えた男が立ち上がった。

「待ちなさい」

道場の入口で声がした。

白髪の男が立っていた。道場主の神崎八之助に違いない。

騒然としていた雰囲気が一変した。

「それ以上、勝負をする必要はない」

「はっ」

師範代が畏《かしこ》まった。

「そなたの望みはなんだ？」

神崎八之助が栄次郎にきいた。

「こちらに鶴見作之進というひとがおられたとお聞きしました。今、鶴見さまがどこにおられるか知りませんでしょうか」

栄次郎は訊ねた。

「なぜ、そのようなことを訊ねる？」

「じつは、この子の父親にございます」

栄次郎は吉松のことを話した。

「鶴見作之進は、半年ほど前に突然、道場をやめて行った。行き先は何も言わなかった」

神崎は目を細めて吉松を見て言った。

「なぜ、やめて行ったのか、おわかりではありませんか」

「はっきりしたことはわからん。ただ、鶴見は誰かと出会ってしまったようだ。そのことが鶴見の落ち着きを奪った」

おそらく国表《くにおもて》の朋輩と、偶然町で出くわし、鶴見作之進は自分の居場所を突き止められたと思い、この道場から去ったのであろう、と神崎は、春蝶に言ったのと同じことを言った。

「事情がわかりました。ありがとうございました」

栄次郎は道場をあとにした。

吉松の父、鶴見作之進の行方はわからない。

しばらく行くと、後ろから待てという声が聞こえた。

振り返ると、さきほど手合わせをした飯倉源五郎が走って来た。意趣返しかと思って、栄次郎は吉松を背中にかばった。

源五郎が息せき切って栄次郎の傍にやって来た。

「誤解するな。意趣返しに追いかけて来たのではない」

源五郎は手を上げて言い、

「そなた、鶴見作之進どのを探しているそうだな」

と、予想外のことを言った。

「はい。この子の父親が鶴見作之進どのなのです」

飯倉源五郎は吉松に目を向け、

「鶴見どのはどこか暗い翳を背負っているように思えたが、お子がいたのか」

と、感慨深げに言った。

「暗い翳？」

「そうだ。鶴見どのは」

ふと吉松に目をやったが、源五郎は続けた。

「何かを紛らすように酒を呑んでいた。いつも辛そうな顔をしていた」

「そうですか」

「どこかの藩を出奔したらしいが、よほどのことがあったのだと思っていた」

源五郎はしんみり言い、

「私は鶴見どのによくしてもらった。鶴見どのは今、深川にお住まいだと思う」

「深川に？」

「一度、仲町で見かけたことがある。追いかけたが見失ってしまった。鶴見どのに間違いなかった」

「そうですか」

「口入れ屋を当たられたら見つかるのではないか」

「口入れ屋ですか」

「そう。鶴見どのはもう道場時代の貯えはそれほどないはず。おそらく口入れ屋で仕事をもらっているのではあるまいか。あの辺りの道場で、また師範代でもしているかとも思ったが、着ているものもよれよれだった。おそらく、あのときはどこかの用心棒をしていたように思える」

おそらく、仲町の料理屋に遊びに来た依頼人の用心棒を、引き受けていたのではないかと、源五郎は言った。

「かたじけない」

「いや。その代わり」

「その代わり？」

「拙者はもっと剣の修行をする。その節はもう一度、お手合わせ願いたい」

「わかりました」

源五郎は安心したように去って行った。

ひとは見掛けではわからないものだ、と源五郎の後ろ姿を見て思った。

「吉松。手掛かりが摑めたぞ」

「はい」

吉松はうれしそうに言った。

帰りは途中から船に乗り、浅草黒船町に帰った。

翌日、栄次郎は吉松を連れて、深川佐賀町にある『原田屋』という口入れ屋の前にやって来た。戸障子に、奉公人口入と書いてある。

きしむ戸を開けて、小さな土間に入った。

帳場格子にいるちんまりした男が不思議そうに吉松の顔を見ていた。子ども連れでやって来る客が珍しいのだろう。

「仕事をお探しですかな」

「いえ。ひとを探しているのです」

「ひと探しは、うちでは無理ですな。うちは下男下女の世話をするのが仕事ですからな」

亭主は冷笑を浮かべた。

「用心棒などの世話はないのですか」

「用心棒ですか。まあ、ないこともありませぬが」

亭主は値踏みするように、栄次郎を下から上へと目を移し、顔が合うと、

「だいぶお出来になるようですな。いかがですか、用心棒の口を世話しましょうか」

と、商売気を出した。

「いえ。結構です。私はひとを探しているのです。こちらに仕事を求めに来たかもし

れません。鶴見作之進という三十ぐらいの侍です」

「聞いても無駄ですな」

亭主は突慳貪《つっけんどん》に言う。

「じつは、この子の父親なのです。母親が亡くなり、残されたこの子が父親を探して江戸に出て来たのです」

「ほう」

亭主は驚いたように目を見開き、吉松を見た。

「お願いいたします」

吉松がぺこんと頭を下げた。

やはり、吉松に同情をしたのか、亭主の表情も変わった。

「浪人さんですな。はて、鶴見という名前には、心当たりがありませんな」

亭主は小首を傾げながら、台帳を開いた。

「誰だかわかりませんが、用心棒を務めたことがあったそうです」

「用心棒ですか」

他に客がいないのも幸いし、暇つぶしに話し相手になってくれたようだ。台帳をめくりながら、

「用心棒の口を、浪人さんに世話をしたことがありますが、そのような名前ではありませぬな」

「その浪人は幾つぐらいでしたか」

「そう三十ぐらいですな」

年齢的には合致している。

「名前を教えてもらうわけにはいきませんか」

「草野繁三郎《くさのしげさぶろう》さま、とおっしゃいますな」

台帳から顔を上げて、亭主が言った。

ひょっとして名前を変えているかもしれず、

「草野繁三郎どのの住まいはわかりませんか」

と、すがりつくようにきいた。

「確か冬木町の平左衛門店《へいざえもんだな》に住んでいるとか、言っておりましたな」

「冬木町ですか。わかりました」

栄次郎が礼を言うと、吉松も頭を下げた。

亭主は目を細めて吉松を見送った。

栄次郎は外に出てから、

「疲れないか」

と、吉松にきいた。

「だいじょうぶです」

吉松は元気に答えた。

油堀川沿いを東に向かい、海福寺門前を通って、仙台堀に出た。仙台堀沿いを東に折れてしばらく行くと、冬木町に差しかかる。

吉松が栄次郎の袖口をつかんだ。緊張しているのだと思った。

冬木町の平左衛門店はすぐにわかった。木戸を入って、棟割長屋の路地を奥に向かった。腰高障子に屋号や名前などが書いてある。

ちょうど鉋《かんな》の絵の描かれた戸が開いて、小肥りの女が出て来た。

「ちょっとお訊ねしますが、草野繁三郎さまというお侍の住まいはどこでしょうか」

栄次郎は呼び止めてきいた。

「草野さんなら、そこですよ」

女が指し示したのは、やはり屋号などの何も書かれていない腰高障子の家だった。

礼を言ってから、栄次郎はそこに向かった。

腰高障子の前に立つと、吉松がまた栄次郎の袖口を強くつかんだ。

目顔で吉松に合図をし、戸を叩き、そして戸に手をかけた。

軋む音を立てて、戸が開いた。

明かり取りから僅かに差し込む陽射しに、薄暗い部屋が一目で見渡せたが、人影はなかった。

「留守なのだろうか」

栄次郎が呟いたとき、背後にひとの気配がした。

「わしに用か」

驚いて振り返ると、肥った浪人が立っていた。

「草野繁三郎さまですか」

栄次郎はすぐ確かめた。

「そうだ。おぬしは？」

「失礼いたしました。私は矢内栄次郎と申します。この子は吉松。じつは、この子の父親を探しております」

「何か仔細がありそうだな。まあ、中に入って聞こう」

草野繁三郎は部屋に上がって、

「まあ、上がれ。といっても、狭い場所だが」

と言い、湯飲みを二つと徳利を持って来た。

徳利を振って、草野繁三郎は顔をしかめた。

「空だ。すまんな、酒も買う金がなくて」

ふと来る途中に酒屋があったのを思い出し、

「吉松。酒を買ってきてくれないか。来るときに酒屋があっただろう」

と、銭を渡した。

「はい。すぐに行って参ります」

草野から徳利を受け取り、吉松はすぐに土間を出て行った。

「いいのか」

草野はすまなそうに言う。

「ええ。ところで、草野さんはほんとうの名前なのでしょうか」

「うむ？　そうだが？」

「じつは、あの子の父親は鶴見作之進さまと言います。もしや、あなたが鶴見さまではないかと思いまして」

草野は笑い出した。

「残念だが、わしはそんな者ではない。あの子のためにもよかっただろう、違って。わしのような者が父親では、あの子が可哀そうだ」

　さっきより甲高く、草野は笑った。

「で、いったい、どうしてわしに見当をつけたのか」

　栄次郎は神崎道場の飯倉源五郎から聞いた話をした。

「そうか。それでわしのところに来たのか。残念だが、俺が用心棒をしたのは本所のほうの商家の旦那で、仲町には行っていない」

　人違いだということを認めなければならない。

　吉松が徳利を重そうに抱えて帰って来た。

「ごくろうだった」

　徳利を受け取り、栄次郎は草野に渡した。

「ありがたい」

　草野は目を細めた。

「吉松。人違いだった」

「はい」

　吉松は素直に答えた。

「わしも心当たりを探しておこう。貴公、どこに住んでおるのだ。何かわかったら知らせてやる。この礼もあるのでな」

草野は徳利を掲げた。

「それでは、浅草黒船町のお秋というひとの家に、居候をしています」

「黒船町のお秋だな。貴公の名は矢内栄次郎。それに吉松か」

「はい。それではよろしくお願いいたします」

「一杯ぐらい呑んでいけ」

「いえ。私は不調法でして」

「そうか。なんだかかえって悪かったな」

少しも悪そうな素振りではなかったが、根はお人好しのようだった。

再び、仙台堀に沿って引き上げ、途中の海辺橋を渡り、本所方面に向かった。

「お父上は必ず見つかる。決して焦ることはない。いいな、吉松」

栄次郎は落胆の色を隠せない吉松を元気づけた。

小名木川を越え、北森下町を過ぎ、弥勒寺の前に差しかかって、その門前にある茶店で休んだ。

さすがに吉松も疲れたようだった。

団子が届くと、吉松は夢中で口にほうばった。腹も空《す》かしていたようだ。

そんな吉松の姿を見ながら、なんとしても父親に会わせてやりたいと、栄次郎は改めて思った。

母を亡くした今、吉松にとって父は唯一の肉親である。父親に甘えたい年頃であろう。栄次郎もこの年頃には父に連れられ、釣りに行ったり、花火見物に行ったり、いろいろなところに連れて行ってもらったものだ。

栄次郎の父は謹厳実直なひとだった。めったに笑顔など見せたことはない。やさしい言葉をかけるわけでもなかった。

だが、栄次郎を見る父の眼差しや仕種《しぐさ》に、自分は父から愛されていることを知った。

自分は父とはあまり似ていない。あくまでも武士であろうとする父に対して、栄次郎はゆくゆくは刀を三味線に持ち替えたいと思っていた。

今から思えば、父と栄次郎は似ているところはあまりない。だが、唯一、父の血を継いでいると思うのは、お節介焼きなことだ。

父はひとが困っているのを見るとすぐ手助けしたくなる、ひとからの相談には親身になって対処する。そういう父の性格はそっくりそのまま栄次郎に受け継がれているのだ。

ふと頭上を見上げると、白い雲が流れていた。その雲の形が父の後ろ姿に思えて、覚えず、父上と呼びかけそうになった。

吉松が、不思議そうな顔で栄次郎を見ていた。

あわてて、

「もう食べ終わったか」

と、栄次郎はきいた。

吉松をお秋の家に送り届けると、密会の男女が裏口から引き上げて行った。やはり、ここは吉松を置いておくには適さないと思った。

六

藤右衛門は、本所一ツ目の長兵衛店《ちょうべえだな》という裏長屋の路地に入って行った。

子どもが井戸端で遊んでいる。洗濯物が風に揺れていた。

藤右衛門が住まいを探していると、奥の家から先日の侍が桶を持って出て来た。侍は素知らぬげに脇を通って井戸に向かう。酒の匂いがした。昼間から酒を呑んでいるのか。

藤右衛門は、侍が水を汲んで帰って来るのを待った。今にも傾きそうな長屋だ。こういう長屋住まいには馴れていないように思えた。長くこういう暮らしを続けていれば、もっと荒《すさ》んだ雰囲気が身についてくるだろうが、浪人臭くはなかった。

それに鼻筋も通り、渋い顔立ちだ。だが、辛そうな表情に思えた。根っからの酒好きではなく、酒で何かを紛《まぎ》らわせている。そんな感じだった。

戻って来た侍に続いて、藤右衛門も薄暗い土間に入った。

侍は瓶に水を注いでから、はじめて藤右衛門に気づいたというような目を向け、

「何か」

と、きいた。

「まあ、せっかく来たのですから茶ぐらい馳走してくださいな」

長火鉢に鉄瓶がたぎっていた。

「あいにく茶はない」

侍は部屋に上がった。

苦笑し、藤右衛門は上がり框《がまち》に腰を下ろした。

「煙草盆はありますかえ」

藤右衛門は煙草入れを取り出してきいた。

侍は黙って煙草盆を差し出した。

「よく、ここがわかったな」

やはり、侍はこっちのことを覚えていたようだ。

「苦労しましたがね。ただ、私はある口入れ屋と懇意にしておりました。その者を通して、あの界隈の口入れ屋を調べてもらったのですよ」

藤右衛門は煙管《きせる》を取り出した。

「そうか。口入れ屋というのは口の軽い者が多いということか」

「いえ。何事にも金でございますよ」

そう言って、藤右衛門は刻みに火を点けた。そして、大きく煙を吐いてから、

「お侍さま。失礼ですが、お名前はなんと仰るんですかえ」

と、相手の顔を見た。

「そなたに腕を売るとは言ってはおらぬ」

「まあ、そのことはおいおいと」

藤右衛門は焦らなかった。

「おぬしも不思議な男よ」

「そうでしょうか」

「見たところ、三十五前後。風格があり、ずいぶん肝《きも》が据《す》わっている」

「ご冗談でございましょう。あなたさまに比べたら、私など小心者でございます。それに、私はあなたの腕に惚れたのでございますよ」

「まあいい。俺は鶴見作之進だ」

「鶴見さまですか」

煙管を持ったまま、藤右衛門は鶴見の顔を見つめ、

「なぜ、鶴見さまほどの御方が浪人をされているのか、手前には腑に落ちませぬな」

「あまり買いかぶるな。金のためとはいえ、この前のような男の用心棒をしているのだ。そんな男だ、俺は。もっとも、この前は手当てをもらい損ねたがな」

「あのとき、なぜ浪人たちを助けたのですか」

「同じ浪人だからな。向こうも好き好んであの男を狙ったわけではあるまい。俺と同じように誰かに頼まれてのことだ。相手を斬ることは俺自身をも斬ることだ」

「他の者はそこまで考えましょうか」

「ひとはひとだ」

「鶴見さま。いかがでしょうか。私の家の離れが空いております。お移りなさいませ

んか。このような場所では……」

隣家に喘息の病人がいるのか、激しい咳が聞こえる。薄い壁を通して物音も入って来る。話し声も筒抜けだろう。

「住めば都だ」

鶴見作之進は苦笑混じりに言う。

「どうですね。来ていただけませんか」

「行く理由はない」

「いいえ。私の仕事を手伝ってもらうためですよ」

「手伝うとは言っていない」

「私は諦めませんよ」

鶴見からすぐに返事はなかった。

「失礼ですが、用心棒などをしてもそれほど儲かりませんよ。もし、まとまったお金が必要ならうちへ来てください。好きなだけ、お酒を呑ませてさしあげましょう。それに、こんなところに長く住んでいたら、身も心も荒んでいきます」

灰を灰吹に落とし、藤右衛門は煙管をしまった。

「鶴見さま。善は急げと申します。あとでお迎えを差し向けます。どうか小舟町の

『麗香堂』の離れにお移りください」

藤右衛門は立ち上がった。

来る。絶対に来る。藤右衛門はそう確信した。


途中で駕籠を拾い、両国橋を渡って小舟町まで帰って来た。

「お帰りなさいませ」

出迎えた番頭に、藤右衛門はきく。

「何もなかったかえ」

「はい。それより、旦那さま。また『宵待香』に注文が入りました。評判がだんだん高まっていっております」

「そうか。それはよかった」

『宵待香』は伽羅之油という鬢付油の一種で、菜種油に白檀や丁子などの香りを配合したものである。藤右衛門が考え出した香りだ。

店では、他の伽羅之油も売っているが、新しい商品として『宵待香』を売り出しはじめたところだった。

「では、ぼちぼち大々的に宣伝をはじめてみるか」

「はい。きっと売れると思います」

番頭は自信に満ちた顔で言った。

奥に向かうと、妻女のおまさが出て来た。元深川仲町で芸者をしていた女だ。

「お帰りなさい」

羽織をおまさが後ろから取る。

「今夜から、離れにしばらく客人に住んでもらうことにした」

「どなたですか」

「鶴見作之進というご浪人さんだ。いつか、私の役に立ってくれる御方だ。面倒を頼む」

「わかりました」

藤右衛門は脱いだ着物を足元に落とし、おまさが背中から着せ掛けた着物の袖に腕を通した。

「峰吉《みねきち》を呼んでくれないか」

「はい」

峰吉はおまさの弟で、手代として使っている。

「お呼びでしょうか」

峰吉がやって来た。二十二歳のすばしこそうな目をした若者だった。

「おう、来たか。峰吉、頼まれて欲しいことがある」

「はい。なんなりと」

「これから、本所一ツ目の長兵衛店まで鶴見作之進という浪人を迎えに行って欲しい」

「本所一ツ目の長兵衛店の鶴見作之進さまですね。畏《かしこ》まりました」

峰吉は復唱した。

峰吉は、深川の地回りの仲間に入っていたのを、藤右衛門がおまさに頼まれて、店に引き取ったのだ。

地回り仲間でも使い走りをしていたが、そのことが峰吉には役に立ったようで、何事もそつなくこなすので、藤右衛門はかえって助かっている。

「それから、もうひとつ、頼みがある」

藤右衛門は言った。

「浅草黒船町に八丁堀与力の妹でお秋という女の家がある。そこの二階に、矢内栄次郎という男が部屋を借りている。その矢内栄次郎を見張って欲しい」

「わかりました」

「動きを調べるだけだ。危ないと思ったら、すぐに手を引け。よいな」

はいと、峰吉は頭を下げた。

鶴見作之進がやって来たのは夕方だった。

七

翌日。本所亀沢町に口入れ屋があると聞いて、栄次郎と吉松はやって来た。

土間に入る。この前の口入れ屋と同じで小さな店だ。机の前に狸の置物のような男が座っていた。

「仕事を探しているのではない。ひとだ。鶴見作之進という侍を探している。こちらで用心棒の口を世話してもらったと思うのですが」

相手に有無を言わせないように、栄次郎は言いたいことを一息に言った。

「鶴見さまですか」

狸のような主人がおもむろに口を開いた。

「知っていますか」

「鶴見さまならよくお出《い》でいただいております」

亭主はあっさり答えた。

「よかった。で、鶴見さんの住まいを教えていただけませんか」

「失礼ですが、お侍さまは鶴見さまとはどのようなご関係で？　いえ、住まいを教えてしまって、あとで叱られでもしても困りますから」

「ごもっともです。じつはこの子が鶴見さまのお子なのです。母親が亡くなり、江戸まで父を訪ねてやって来たのです」

「鶴見さまの？　そうですか、鶴見さまの……」

主人は頷き、

「どうやら複雑なわけがありそうですな。鶴見さまに漂う翳が気になっておりましたが、そうですか」

「ご主人。で、住まいは？」

「はい。本所一ツ目の長兵衛店に住んでおります」

「本所一ツ目ならすぐ近くですね。吉松。父上に会えるぞ」

「はい」

吉松が目を輝かせた。

「ご主人。助かりました」

栄次郎と吉松はすぐに飛び出して行った。

竪川に出て、川沿いを隅田川のほうに向かう。

吉松にはまだ見ぬ父である。鶴見作之進がどんな事情から母子を捨てて江戸に出奔したかはわからない。

そこには言うに言われぬ事情があったに違いない。

神崎道場でも、鶴見作之進は孤独を好み、稽古以外ではあまりひとと交わらなかったという。暗い翳がつきまとっていたようで、口入れ屋の主人も同じ感想を述べていた。

鶴見作之進は常に吉松のことを気にかけていたに違いない。きっと、鶴見さんも喜んでくれる。栄次郎はそう期待しながら長兵衛店にやって来た。

長屋の路地を入った。吉松も顔は紅潮していた。栄次郎も胸が騒いでいる。

ちょうど家から出て来た小肥りの女に、

「鶴見作之進さまのお住まいはどちらですか」

と、きいた。

「鶴見さまはもういませんよ」

「いない？」

「昨日、ここを出て行ったみたいですよ」

「出て行った……」

栄次郎は茫然と呟いた。

「住んでいたのはそこです」

女房の指さした住まいに行き、栄次郎は腰高障子を開けた。

薄暗い土間から奥の部屋を見た。なるほど、見事に荷物は何もない。吉松も悲しげな目で見ていた。

「あと一歩のところだったのにな」

栄次郎は吉松の肩に手をやり、

「大家さんが行く先を知っているかもしれない」

と言い、長屋木戸の横にあった大家の家に向かった。

だが、大家も行く先は聞いていなかった。

「新しい仕事が見つかったので、引っ越すと言っていました」

大家はそう答えた。

礼を言い、路地に戻ると、吉松の姿が見えない。

あわてて見回すと、井戸の横にある小さな稲荷の前にしゃがんで、吉松は手を合わせていた。

しばらく吉松の様子を見ていたが、栄次郎は声をかけた。

「帰ろうか」

「はい」

吉松は立ち上がって答えた。

両国橋を渡って行くと、向こうから父親に手を引かれた子どもがやって来た。吉松がうらやましげに見送った。

「吉松。父上は近くにいるのだ。焦るではない。よいな」

「はい」

吉松は元気に答えた。


お秋の家に戻った。出て来たお秋が吉松の顔を見て、成果がなかったことを察したのだろう、吉松を元気づけるように、

「吉松さん。明日はまた観音様にお参りに行きましょう。そうそう、たまにはお芝居でも見て。ね、そうしよう」

と、笑みを浮かべて言った。

密会の客が来ているので、女中が吉松を外に連れ出した。

「お秋さん。どうも吉松にはよくありませんね」

「ええ。私も気にしているんですよ」

「どうでしょうか。おゆうさんのところで預かってもらうように頼んでみようかと思うのですが」

「おゆうさんですか」

お秋は、なぜかおゆうには敵愾心を持っている。

「そうですね」

煮え切らない返事だった。

お秋が夕飯を食べていけと強く勧めたが、きょうは母や兄と夕餉を共にしたいので、丁重に断って本郷の組屋敷に向かった。

お秋の家を出てしばらくして、つけられていることに気づいた。若い男のようだ。

栄次郎は三味線堀のほうに折れてみた。男も曲がった。やはり、つけているのだ。

栄次郎はわざと三味線堀から御徒町を突っ切り、武家屋敷の土塀の続く一帯を抜けた。男は一定の距離を置いてつけて来る。

ただ、あとについて来る。危害を加えようというものではない。そんな感じだった。

それでも油断はならない。仲間が男のあとからついて来ている可能性もあった。湯島天神下の盛り場から男坂を上がり、湯島天満宮の境内に入った。

本殿で柏手を打ち、背後に注意を向けた。町人だ。男は石灯籠の陰からじっとこっちを見つめている。

裏門から切通し坂に出て、栄次郎は本郷に向かった。

本郷四丁目までつけて来たようだが、いつの間にか男がいなくなっていた。

あの御方の言うように襲撃者は手を引いたと思っていたが、またぞろ敵が蠢《うごめ》き出したのか。

いったい何のために栄次郎を亡き者にしようとしたのか。いったい何者なのか。そのことはわからないが、栄次郎は今、それとは別に自分の出生の秘密のことを考えていた。

あのお篠という女を見つけることが出来れば、何かきき出せるのだがと思い、いやたとえあの女をつかまえたとしても、正直に喋るとは思えない。そんなことを考えているうちに、屋敷に着いた。

まだ、兄はお城から戻っていなかった。いつもより、遅いようだ。

自分の部屋に入って着替え終えたとき、兄が帰って来た。栄次郎は玄関まで出迎えに行った。

「兄上。お帰りなさい」

兄が式台《しきだい》から上がって来た。

「うむ。栄次郎も戻っていたか」

気難しい顔なのは、いつものことだ。

「はい」

栄次郎は兄の部屋に入り、

「兄上。いつぞやの件ですが、覚えておいででしょうか」

「うむ。あの御方のことだな」

兄は眉根を寄せた。

「そうです。何かわかりましたか」

「いや。わからなかった。というのは、二代当主の治済卿の家老は、旗本の水野意致《おきむね》さまだった」

「水野意致さま？」

「そうだ。あの御方が意致さまだとしたら、水野家の内紛に栄次郎が巻き込まれた可能性がある。そう思って、水野家のことを調べたのだが、意致さまは何年か前にお亡くなりになられていた」

「亡くなっていた?」

「ひょっとして、あの御方は家老ではなく、用人だったのかもしれない。あるいは意致さまのご親族……」

兄は小首を傾げ、

「まだ、調べはじめたばかりでわからないことが多い。また、調べるからもうしばらく待て」

「ありがとうございます」

「で、その後、刺客のほうはどうだ?」

「あの御方の仰ったように、その後は止みました」

尾行されたことは黙っていた。

「鳴りを潜めているだけかもしれない。注意を怠るではない」

「はい。兄上。いろいろご苦労をおかけいたします」

辞儀をして、部屋を立ち去ろうとしたとき、ふいに兄が呟くように言った。

「そなたにとって幸せになるのであれば……」

そう言った兄の顔が、悲しげに歪んだ。

そのとき、はっとした。兄は何か気づいているのではないか。そう思ったのだ。兄はあの御方の正体を知ったのでは……。そして、栄次郎にどんな問題が起こったのかを知っているのでは……。

だが、兄はそれ以上、何も言おうとしなかった。

「私が誰の子であろうと、私は兄上の弟に間違いありません」

自分の部屋に戻っても、兄の悲しそうな顔が瞼に焼きついていた。

父と母、そして兄に囲まれ、栄次郎は伸び伸びと育ってきた。そこに、自分が矢内家の子どもではないという疑いをはさむ余地などまったくなかった。

栄次郎にとって青天の霹靂《へきれき》であった。それでも、今でも矢内の父と母が自分の実の両親であると思っている。

だが、今、栄次郎の心に微妙な変化が生じていた。もし、自分に出生の秘密があるのなら、それを知りたいと思うようになった。

矢内の父と母以外に、実の親がいるなら、それが誰であるか知りたい。自分がいったい何者であるか、今自分の周囲で何が起こっているのか。

自分でも不思議だった。なぜ、このように出生についてこだわるようになったのか。

仮に自分が矢内の家の人間でないとわかったにしろ、現実には自分は矢内栄次郎であるという揺るぎないものを持っていたいと思う。

なぜ、実の父と母のことを考えるようになったのか。栄次郎はそうなった理由に心当たりがあった。

吉松だ。吉松は父親を求めてあの小さな体で江戸中を歩きまわっている。会ったこともない、その手に抱かれたことさえない父親を求めて、長い旅をしてきたのだ。

血のつながりというものを、改めて意識せざるを得なかった。

第三章　尾張からの刺客

一

翌日、久しぶりに稽古に行った。大和屋での舞台以来である。

時間が早いせいか弟子は誰もいなかった。

見台の前に座り、栄次郎は、

「師匠。先日はありがとうございました」

と、挨拶をした。

「なかなかよござんしたよ。もう、お名取りとしてどこに出しても恥ずかしくないと思います。いかがですか。そろそろ名取りの襲名をお考えになりませぬか」

師匠はまたも襲名話を持ちかけた。

「栄次郎さんはご謙遜をなさっておりますが、もう実力的には申し分ありません」

名取りの話はだいぶ前から出ていたのだが、栄次郎は遠慮してきた。まだ、名をもらうだけの力が身についていないという自分の判断だったが、それだけではない。

母に内緒で三味線を習っていることに負い目があったのだ。それなのに、名取りまでとってしまうのは、なんとなく気が引けるのだ。

「じつは来春、江戸三座のひとつ中村座で三津五郎《みつごろう》が舞踊を演じるのですが、その地方を頼まれました。そこで、吉次郎さんといっしょに矢内さんにも出ていただきたいと思っているのです。ただし、名取りという条件がありましてね。どうでしょうか。この際、思い切って……」

「それはほんとうですか」

名誉なことだ。自分が江戸三座の舞台に立てるとは夢のような話だ。だが、その喜びも束の間、栄次郎はたちまちあることで水を差された。

「ありがたいお話です。ですが、師匠。申し訳ありませぬ。もうしばらくお待ち願えませんでしょうか」

「もちろん、すぐに返事が欲しいわけではありませぬ。さあ、浚いましょうか」

師匠は栄次郎の母親への気兼ねのことを知っている。だが、今はそのような理由ではなかった。自分の身に何かが起ころうしているのだ。

そのことが解決しない限り、栄次郎は一歩も先に進めないと思った。

稽古をしていても、心の迷いは音に出るようだ。師匠はときおり訝《いぶか》しげな表情をした。

「栄次郎さん。何か屈託《くったく》がありそうですね。きょうはこのぐらいにしておきましょう」

師匠は厳しい表情で稽古を打ち切った。

「師匠。申し訳ありません」

栄次郎は頭を下げた。

「芸人にとっての芸は、お侍さんの剣術と同じです。心の迷い、邪念があれば闘いは敗れるのではありませぬか。芸人は親の死に目にも会えぬと申します。ある意味では芸は残酷なものなのです。どんな事情があるかしれませぬが、今の栄次郎さんには名取りの資格はなさそうです。さっきの話は聞かなかったことにしてください」

「師匠」

栄次郎の顔面から血の気が引いた。

「来春の舞台は他の方にお願いすることにします」

「師匠。これには事情が」

「真剣での立合いに、言い訳が通用いたしますか」

うなだれたまま、栄次郎は返す言葉もなかった。

「どうぞ、お引き取りください」

師匠が冷たく言い放った。

「師匠。私は……」

栄次郎は膝に置いた拳を握りしめた。師匠にも打ち明けられる問題ではなかった。

師匠が湯飲みを両手で持って口に運んだ。もう栄次郎のことは眼中にないようだった。


栄次郎は悄然と師匠の家を出た。

蔵前通りに出たところまでは覚えているが、あとは無意識のまま歩いて来たようだ。気がついたとき、お秋の家の前に立っていた。

だが、栄次郎は家に入らず、土手へ向かった。

船宿から離れた川岸に立った。厚い雲が張り出してきた。対岸の本所側は灰色に染まってきた。大川は波が荒いようだ。船が大きく上下に揺れ、波間に見え隠れしている。

この先、自分はどうなるのだ。行く手に待ち構えている運命は何なのだ。

だが、それよりそんなことで動揺し、満足に三味線を弾けなかった自分が情けなかった。師匠の言うように、芸は真剣勝負なのだ。

もし、これが剣と剣の闘いだったら、自分は斬られていたかもしれない。

（父上）

栄次郎は亡き父に呼びかけた。

（私はあなたの子ではないのですか。あの御方が私の実の父なのですか）

答えてくれるはずもない。

父は誰か。あの御方が父親だとしたら、自分はあの御方と母上の間の子ということになるのだろうか。

今まで父親のことだけで、母親のことを考える余裕がなかったが、栄次郎にとって新たなる問題に直面した。

もし、あの御方と母上の間の子だとしたら、矢内の父はそのことを知っていて、栄次郎を慈《いつく》しんでくれたのだろうか。

頬に冷たいものがぽつりと当たった。そのとき、後ろから声をかけられた。

「栄次郎さま」

吉松の声だった。

振り返ると、おゆうがいっしょにいた。

「栄次郎さん。こんなところで何をしているのですか」

おゆうが不思議そうにきいた。

「ただぼうっとしていただけです。それより、おゆうさん。どうしたんです？」

「水臭いわ」

いきなり、おゆうが言った。

「えっ。何を？」

おゆうは吉松に目を向け、

「早く、吉松さんのことを話してくだされぱよかったのに。うちには若い者がたくさんいるんですから、手分けして、吉松さんのお父上を探すお手伝いをさせますよ」

「おゆうさん。そのことで頼みがあったんです」

「ええ、お秋さんから聞きました。いいですよ。吉松さんを預かります」

「ありがとう。そうしてもらうと助かる」

栄次郎が頭を下げると、

「いやだわ。それより、雨が強くなってきたわ。はい」

と、おゆうが番傘を開いた。

お秋の家に着くと、栄次郎はいつもの表情に戻って入って行った。

二

木挽《こびき》橋が見えてきた。三十間堀川の向こう側に江戸三座のひとつ、森田座があり、盛況を極めている。

船宿が並び、川には船が行き交っている。

藤右衛門は三十間堀六丁目に入って駕籠を下りた。

「ごくろうだった。これで一杯やっていくがよい」

酒手を弾むと、駕籠かきは鉢巻きを外して、

「旦那。いつもすいやせん」

と、相好を崩した。

藤右衛門は目の前にある黒板塀の二階家にまっすぐ向かった。

格子戸を開けて中に呼びかけると、すぐに若い女中が出て来た。

「お吉はいるか」

「はい。いらっしゃいます」

頬の赤い女中が大きな声を出す。相変わらず、元気のよい娘だった。動作は鈍いが、働きもので、気がきくし、藤右衛門は気に入っていた。

藤右衛門は勝手に部屋に上がって居間に行くと、お吉が長火鉢の前にいた。

「あら、兄さん。どうしたんですね、こんな時間に？」

富士額に細面のお吉は二十六歳。藤右衛門の実の妹だ。

「ちょっと江藤さまに伝えてもらいたいことがあってな」

藤右衛門はあぐらをかいた。

さっきの女中が茶をいれて、藤右衛門に差し出した。

「ああ。すまない。お吉、江藤さまは今度いついらっしゃるのだ」

「きょうあたり、来ると思いますけど」

「そうか」

藤右衛門は懐から鬢付油の『宵待香』を取り出した。

「あら、よかった。そろそろ切れかかっていたんです」

「江藤さまの好きな香りだからな」

そう言って、藤右衛門は女中に目をやった。

お吉がすぐに察して、

「ちょっと使いに行って来ておくれ」

と、帯の間から銭を出して、

「酒屋までね。お酒を買って来ておくれ」

「かしこまりました」

女中が部屋を出ていき、格子戸の閉まる音を聞いてから、藤右衛門はおもむろに切り出した。

「先日、江藤さまからあることを頼まれたのだ」

「聞いていたのか」

「矢内栄次郎というお侍のことね」

「ええ。江藤さまの放った刺客はことごとく失敗した。こうなったら、藤右衛門に骨を折ってもらうしかないと仰っておりましたから」

「そうか。それなら話が早い」

藤右衛門は厳しい顔になって、

「今、うちの離れに手練《てだれ》の浪人を住まわせている。鶴見作之進という侍だ。半年ほど前まである道場の師範代をしていただけあって、おそろしく強い。偶然に出くわしたのだが、屈強な浪人三人を、あっと言う間に叩き伏せた」

「その浪人に矢内栄次郎を？」

「そうだ。鶴見さんなら仕留めることが出来るはずだ。そこで、そろそろ実行に移したいと思っている。いちおう、そのことを江藤さまにもお伝えしておいて欲しい」

「わかりました」

近くにあった煙草盆を引き寄せ、藤右衛門は煙草入れを取り出した。

「考えてみれば、栄次郎というひとも可哀そうね。何の罪もないのに、殺されなきゃならないなんて」

「お武家さまの世界も非情と言えば言える。まあ、それは何もお武家さまに限ったことではない。商売の世界も同じだ」

煙草に火を点けてから、

「いずれにしろ、これがうまくいけば、尾張藩の御用達になれるのだ」

と言い、藤右衛門はうまそうに煙草を吸った。

格子戸の開く音がした。女中が帰って来たのだ。

一升徳利を抱えて、女中が台所に向かった。

「私もせいぜい兄さんのために旦那に気に入られようと、努めているわ」

「わかっている。おまえのおかげで江藤さまにも目をかけられた。おまえには感謝している」

「いやね。水臭い」

「さて。私は引き上げるとするか」

煙草盆に灰を落として、藤右衛門は言う。

「あら、来たばかりじゃありませんか。今、お酒の支度をさせますよ」

「いや、そうもしていられない。あっ、そうそう。おっかさんの十三回忌の知らせがお寺さんから来た」

「おっかさんも苦労して死んでいったものね」

「生きていてくれたら、おとっつぁんとおっかさんに楽をさせてあげられたのにな」

早くに父親に死なれ、病気の母を抱え兄妹は苦労してきた。ときには乞食の真似をしたり、盗みも働いたことがあった。

お吉は十六の歳に、湯島天神下で芸妓になったのだ。その年に母親が亡くなった。

その頃、藤右衛門は辛い行商に歯を食いしばっていた。

藤右衛門の運が上向きになってきたのは、お吉が尾張藩上屋敷の用人江藤新左衛門に見初められて妾になってからだった。

「じゃあな」

藤右衛門はお吉の家を出た。

木挽町の三十間堀川沿いに船宿が並んでいる。藤右衛門は船で、浅草に向かった。御厩河岸の船着場で船を下り、藤右衛門は黒船町に向かった。

近所の者に訊ね、それらしき家はやがて見つかった。さりげなく素通りをし、また途中で引き返した。

そううまい具合に矢内栄次郎が出て来るとは思われないが、藤右衛門はその家の前を行き過ぎ、それから土手に出て一服して時間を潰し、もう一度、その家の前を通ってみた。

その家から六歳ぐらいの男の子が出て来て、目と目が合った。澄んだ目をした子だった。いや、寂しそうな目というべきか。

藤右衛門はそのまま行き過ぎ、蔵前通りに出た。

栄次郎を見張っているはずの峰吉の姿が見えなかったが、ひょっとして栄次郎は今あの家にいなかったのだろう。

途中で駕籠屋を見つけ、駕籠で小舟町の店に帰った。

店は繁盛している。だが、こんなものでは満足しない。尾張藩の御用達になり、もっと店を大きくするのだ。

その夢を実現させてくれるのが、離れにいる鶴見作之進だ。

「お帰りなさい」

妻女のおまさが迎えに出て来た。

「鶴見さまはどうしている？」

「相変わらず、お酒を呑んでいますよ」

おまさは眉をひそめて言う。

「あのひとは心の中に苦しいことを抱えている。それを酒で紛らわせているのだ。好きなだけ呑ませてあげなさい」

「でも、体を壊してしまわないかしら」

「うむ」

藤右衛門は帯を解き、着替えた。

「峰吉はまだ帰っていないか」

「はい。朝出たきり」

「そうか。それならいい」

やはり、栄次郎はきょうは黒船町の家にいなかったのだ。

「離れに行って来る」

藤右衛門は庭下駄を履いて庭に出た。踏み石を踏んで離れに行くと、障子が半分開いていて、鶴見作之進が酒を呑んでいる姿が見えた。

その横顔には苦悩が色濃く滲んでいた。辛い過去を忘れるために呑んでいる、そんな感じがした。

いっとき、鶴見の様子を窺ってから、藤右衛門は声をかけた。

「鶴見さま。よろしいでしょうか」

鶴見作之進が顔を向けた。

「おぬしか」

すぐに顔を戻し、酒をあおった。

「お酒は十分に足りておりますか」

「足りん。もうない」

鶴見作之進は徳利に目をやった。

「鶴見さま。お酒はいくらでも呑んで構いませんが、そのような呑みかたではお体を壊します」

　藤右衛門は倒れている徳利を立てた。

「よけいなお世話だ」

「まるで、お体を壊したいがためにお呑みになっているようでございますな」

　何も言わず、鶴見は残っていた酒を喉に流し込んだ。

「心の傷が痛むのですか」

　藤右衛門は痛ましげにきいた。

　鶴見の顔色が変わった。

「酒で紛らわさないで、たまには女でも抱いてごらんになりませぬか。どこぞにご案内いたしますよ」

「女子より、酒のほうがよい」

「でも」

「仕事のことか。心配ない。酒で鈍るような腕ではない」

「さようでございますか」

　藤右衛門は鋭い顔になり、

「鶴見さま。この数日中に、お仕事をお願いしたいと思います」

「相手は誰だ？」

「矢内栄次郎。田宮流抜刀術の遣い手でございます」

「居合か」

「かなり手強《てごわ》いかと思われます」

「それより、仕事を終えたら五十両という約束、間違いないな」

「間違いございません。でも、そのお金を何に使うつもりで」

「おぬしには関係ない」

「さようでございますな。今、相手の動きを調べております。手筈《てはず》がつきしだい、お願いいたします」

　そう言って、藤右衛門は立ち上がった。

「すぐお酒を運ばせましょう」

　藤右衛門は再び庭下駄を履いた。

　庭の菊が見事に咲いている。

「この庭では狭いな」

　藤右衛門はひとり呟いた。やがて、もっと大きな庭を持てるようになる。藤右衛門はそう思ったのだ。

三

朝、兄が登城したあと、栄次郎は母の部屋に行った。

「母上。よろしいでしょうか」

廊下に佇み、部屋の中に声をかけた。

「お入りなさい」

静かに障子を開け、栄次郎は部屋に入った。

母は仏間にいた。最近、仏壇の前にいることが多くなったように思える。

ようやく数珠を置き、母は向きを変えた。

はっと胸の衝かれる思いがした。母がやつれたような気がしたのだ。あれほど身だしなみにはきちんとしていたのに鬢《びん》がほつれている。

「栄次郎。なんですか」

黙ってしまった栄次郎に、母は催促した。

「母上。お聞かせください。あの御方はどなたなのですか。あの御方はどんな目的で、私に会っているのですか」

栄次郎は畳みかけるようにきいた。

母の眉間に皺が寄っている。これほど苦しげな顔をした母を見たことがなかった。

「あの御方は、父上がお世話になって……」

「父上は一橋家の近習番を務めたことがあると聞いております。父が近習番だった頃のご当当は治済《はるさだ》さま。そのときの御家老は旗本の水野意致《おきむね》さま。あの御方はどのようなご身分で」

「栄次郎」

母が遮《さえぎ》った。

「そなたにはいろいろご不審もあろう。だが、今は何も話すことが出来ぬのじゃ。どうか、こらえてくだされ」

母が頭を下げた。

「いえ。納得は出来ません。今、我が身に何が起こっているのか、そのことを知りたいのです」

母が目を閉じた。

「母上。私は父上と母上の子ではなかったのですか。それとも、あの御方と母上の間の子なのですか。母上は私のほんとうの母なのですか。せめて、それだけでもはっきりお答えください」

「栄次郎。もうしばらく待ってください」

母はあえぐように言った。

「もうしばらく。お願いです」

頑《かたく》なに口を閉ざす母を見て、これ以上、きいても無駄だと思った。

「失礼します」

栄次郎は母の部屋を逃げるように飛び出した。

それから一刻（二時間）後。お秋の家で三味線を弾いていた。だが、雑念のように、母との会話が蘇ってくる。

「母上は私のほんとうの母なのですか。せめて、それだけでもはっきりお答えください」

その問いかけにも、母は答えなかった。しかし、それは、栄次郎の父親は矢内の父ではないことを明かしたも同然だった。

自分の実の父親は別にいる。もはや、そのことに間違いはない。あの御方が父なのか。そして、今あの御方の周辺で何が起きているのか。

心を切り換え、撥を持つ手に力を入れたが、長続きはしない。すぐに、三味の音が途絶えた。

だめだと思ったとき、お秋が部屋に入って来た。

「栄次郎さん。お客さんよ」

お秋の後ろから、縦縞の着物に博多帯を締めた坂本東次郎が入って来た。侍の姿ではない。

「あっ、坂本さま。どうぞ」

栄次郎はあわてて三味線を片づけた。

「なるほど。よい場所があったものだな」

東次郎は正座をし、辺りを見回した。

坂本東次郎は、五百石取りの旗本坂本家の次男坊でありながら、杵屋吉次郎という名取り名を持っている。

「なにしろ、母にまだ三味線を弾いているなどと言えないものでして」

栄次郎は言い訳を言った。

「俺のほうは厄介払いが出来てよかったと、喜ばれているが、そなたの母親は厳しい御方のようだ。もっとも、俺のほうは見放されたと言ったほうが当たっているがな」

東次郎は苦笑した。

お秋が茶をいれて持って来た。

「さあ、どうぞ」

「すいません」

東次郎は頭を下げた。

細長い顔だが、東次郎は色気があり、とうてい侍には見えない。

まさに、栄次郎の目指す姿がそこにあるのだ。

「この前はすばらしい三味線、聞かせていただきましたわ」

お秋が愛想を言う。

「私の兄弟子ですからね」

栄次郎は応じる。

「なあに、この男の音のほうが力強い」

「いいえ。私の音にはまだ色気が足りません」

栄次郎の目指すのは艶のある音色だ。その音を出すには、自分が艶のある男にならなければならないと思っている。

ふと栄次郎は新内語りの春蝶を思い出した。歳をとっても声と三味線の音には色気があるのだ。

春蝶は、大師匠の許しを得られたのだろうか。

お秋が部屋を出て行ってから、

「師匠からきついことを言われたそうだな」

と、東次郎がさりげない様子で口を開いた。

「はい。今さらながらに己の未熟さに恥じ入っております」

栄次郎は俯《うつむ》いた。

「私が顔を出したら、師匠が気にしていた。ずいぶん厳しいことを言ったが、それも栄次郎さんに期待しているからだと仰っていた。だが、あの栄次郎さんがあそこまで糸が乱れているのは、よほどの悩みがあるのではないか。ついては、力になってあげて欲しいと仰ってな」

「そうですか。師匠が……」

栄次郎は声を詰まらせた。

「栄次郎。何があったのかはわからぬが、もし私で力になれることであれば、なんでも言ってもらいたい。師匠は、来春の中村座の舞台に、私とそなたといっしょに立ちたいと望んでおられるのだ」

「ありがたく思っております」

栄次郎の身に降りかかるもの。それは場合によっては、栄次郎を武士の世界に引き戻し、三味線を取り上げてしまうようなものかもしれないのだ。

「吉次郎さんはもう侍には未練はないのですか」

栄次郎は名取り名で呼んだ。

「ない。俺は芸人として生きて行くつもりだ。迷いはない。栄次郎はどうなのだ?」

「私も吉次郎さんのようになりたいと思っています」

だが、今の自分の身に降りかかっている問題は、それが許されるものなのか。栄次郎は悲観的になった。

「ところで、おゆうさんに聞いたのだが、父親を探している子どもを預かっているということだが」

東次郎が話題を変えた。

「はい。鶴見作之進というお侍です。六年ほど前に江戸にやって来たそうです」

「六年前か」

吉松はおゆうが連れて行った。『ほ』組の連中が、口入れ屋に聞き込みを続けて、鶴見作之進を探して、歩き回ってくれている。

「あの連中が手分けをして探してくれれば、なんとかなるだろう」

「ただ、鶴見作之進は吉松の父親にふさわしい男かどうか、ちと心配しております。酒浸りの毎日だったと、神崎道場の門弟が話していたのです」

「酒浸りか」

東次郎は眉根を寄せ、

「その者、ひょっとしたら仇持ちではないのか」

「そうかもしれません」

「脱藩した理由は想像でしかないが、ひとを殺《あや》めたためではないか。仇として狙われている身かもしれないな」

「そうだとしたら……」

栄次郎はあとの言葉が続かなかった。

鶴見作之進が仇持ちということは、十分に考えられることだった。吉松がまだ母親のお腹にいる頃、鶴見作之進は、誰かを斬って藩から逃げた。母親は不正を働いた家老の伜を斬ったのだと話していたらしいが、いずれにしろ追手に追われる身のようだ。神崎道場をやめたのも故郷の者に見つかったからだ。ひょっとしたら、今は江戸を離れてしまったかもしれない。

もし、そうだとしたら、吉松が父親と会うことが幸せなことかどうか。

坂本東次郎が引き上げたあと、栄次郎は息苦しくなって窓辺に寄った。きょうはよく晴れた日だ。大川の波も穏やかな様子だった。

（吉松が父親と会うことが幸せなことかどうか）

吉松を心配して呟いた言葉が、我が身にも降りかかることに気づいた。

父と子として名乗り合うことがほんとうに幸せなのであろうか。あの御方はいったい何を考えているのか。どんな事情を抱えているのか。

四

深川仲町にある高級料理屋『名月』の奥座敷に入って行くと、芸妓に囲まれて、江藤新左衛門と、刃のような鋭い目つきの三十半ばぐらいの武士が酒を呑んでいた。

「江藤さま。遅くなりました」

敷居の前で手をついて挨拶をしてから、藤右衛門は座敷に入った。

「いや。藤右衛門。ご苦労」

江藤新左衛門が鷹揚に言う。

もうひとりの侍が静かに黙礼をした。この男が尾張の国許から到着した剣客に違いないと思った。

「さあ、おひとつ」

若い芸妓が藤右衛門の盃に酒を注いだ。

「いただきます」

「今、藤右衛門のところの『宵待香』の噂をしておったところだ。芸妓衆にも評判ではないか」

江藤新左衛門はご機嫌だった。

「はい。おかげさまでご好評をいただいております」

ほんとうにいい香りで、と芸妓のひとりが言うと、他の芸妓も相槌を打った。

『宵待香』は当たりをとった。あちこちの店から、うちでも取り扱わせて欲しいとの注文もある。

しばらくしてから、

「ちょっと座を外してくれ」

と、江藤新左衛門が芸妓に言った。

「はい。では、終わりましたらお呼びください」

芸妓が部屋を出て行った。

江藤新左衛門は表情を引き締め、

「藤右衛門。紹介しておこう。尾張柳生流の遣い手、沢渡《さわたり》源之丞《げんのじょう》だ。この者に敵《かな》う者はおるまいと言われるほどの男だ」

「麗香堂藤右衛門にございます。どうぞ、お見知りおきを」

「沢渡源之丞でござる」

源之丞は大柄だが、首が太い。まるで、一本の太い大木が源之丞の体の中心を貫いているかのような迫力があった。

「この源之丞は、弱冠二十歳のときに御前試合でなみいる武芸者を討ち果たし、以来、幾度の勝負にも負けたことのない男だ」

「それはそれは」

決して誇張ではないことは、沢渡源之丞の節くれだった指を見てもわかるようだった。

「藤右衛門。鶴見作之進が見事矢内栄次郎を討ち果たしたあと、この源之丞が鶴見作之進を討つ」

うっと息が詰まりそうになり、藤右衛門は声が出なかった。

「私怨により、栄次郎を斬り捨てた無頼浪人は生かしておくわけにはいかん。栄次郎の仇討ちを源之丞にしてもらう」

「そ、そこまでする必要があるのですか」

藤右衛門はやっと口に出した。

「もちろんだ。もし、鶴見作之進を生かしておけば、あとでどんな災いを招くかもしれない。それに、仇を討つことにより、我らに対する疑いの目をそらすことが出来る」

江藤新左衛門は、冷酷そうな笑みを口辺に浮かべ、

「鶴見作之進が討ち果たしてくれればそれにこしたことはないが、もし、仕損じたら、この源之丞が矢内栄次郎をやる。そのような手筈だ。頼むぞ、藤右衛門」

「はっ。わかりましてございます」

藤右衛門は脇に汗をかいていた。

「明日以降、いつでも栄次郎をやって構わん」

「わかりました」

沢渡源之丞は平然としている。不気味な男だった。

再び、芸妓がやって来たが、藤右衛門は楽しめなかった。

帰宅すると、妻のおまさが、

「昼間、鶴見さまはどこぞにお出かけになりました」

「たまには気晴らしに外に出ないとな」

昼間から酒を呑んでいるより、外の空気に触れたほうがいい。そう思ったのだが、おまさの顔が曇っている。

「どうかしたのか」

「ええ。夕方に帰って来たのですが、なんだか落ち込んでいるようでした」

「落ち込む？」

「なんだかぼうっとしたという感じでした」

「妙だな。外で何かあったのか」

ひょっとして、国許の誰かとばったり出会ったのだろうか。

「峰吉はまだか？」

「はい。遅うございますね」

「まあ、駆けずりまわっているのだろう。帰って来たら、私のところに来るように誰かに言《こと》づけておいてくれ」

そう頼んでから、藤右衛門は庭への枝折り戸を抜けて、離れに向かった。

障子に鶴見作之進の影が映っている。まだ起きている。苦しんでいるのだろう。過去に何があったのかわからないが、鶴見作之進の心に大きな傷があることは明らかだ。

何日か鶴見作之進を見てきて、藤右衛門は情が移っていた。

うまく事が成就した暁には、本気で江藤新左衛門に、仕官をお願いしてやろうと思っていたのだ。だが、江藤新左衛門の言葉は残酷であった。

藤右衛門は引き返した。今夜、鶴見作之進に会って、仕事を告げることは辛すぎた。

部屋に戻って、しばらくして峰吉がやって来た。

「ただ今、帰りました」

峰吉は声を潜め、

「矢内栄次郎のだいたいの一日の動きがわかりました」

「ご苦労だった」

「いくつか見つかりましたが、まず三味線堀がよろしいかと思います。だいたい、暮六つ（六時）をまわった頃に通ります」

「三味線堀か。よし、いいだろう。では、明日、頼む」

「わかりました」

峰吉が去ったあと、藤右衛門は大きく息を吐いた。

「なんてことだ」

覚えず、口をついて出た。

俺は鶴見さんを殺すために雇ったのかと、藤右衛門は忸怩《じくじ》たる思いだった。

これが武士の世界というものか。いや、商人の世界でも同じなのだ。商売を大きくしていこうとすれば、競争相手は潰していかなければならない。非情に徹することだ。藤右衛門は自分に言い聞かせた。

気になって、もう一度、庭から離れに行った。

明かりが消えていた。ふと安堵した。もうやすんだようだ。そう思いながら、部屋に近づくと、僅かに開いた障子の隙間から部屋の真ん中で茫然と座っている鶴見作之進を見つけた。

苦しんでいる。藤右衛門は痛ましい思いで、踵を返した。

五

朝起きて、冷気の中、栄次郎は裏庭に出た。

薪小屋の横にある枝垂れ柳に向かい、静かに膝を曲げ、居合腰に構えた。そして、左手で鯉口を切り、右手を柄に添える。

風がなく、長く垂れた柳はそよともしない。栄次郎は間合いをとらえられない。抜刀出来ない。栄次郎は柄に手を当てたまま、長い時間、柳を睨みつけていた。

風が出た。柳が微かに揺れた。足を踏み込み、栄次郎は刀を鞘走らせた。そして、顔の前で大きくまわした刀を居合腰に戻して鞘に納める。

が、次の瞬間、柳の葉が一枚地べたに舞った。

栄次郎は愕然とした。葉の寸前で切っ先を止めたはずなのだ。

呼吸を整え、再び居合腰に構え、右手を柄に当てた。柳が揺れた。だが、栄次郎は刀を抜けなかった。間を外したのだ。

栄次郎はまっすぐに立ち、ゆっくり刀を抜いた。そして、正眼に構え、上段から振り下ろし、さらに八相から横一文字、袈裟斬りと、続けざまに刀を振った。己の心の迷いを斬り裂くように。

汗が滴り落ちてきた。途中で、栄次郎は刀を引いた。

（だめだ）

栄次郎は叫びそうになった。

未熟者め。自分で自分を罵《のの》った。

ふと背後にひとの視線を感じた。兄かと思って振り返ると、さっと物陰に消えたのは母のように思えた。

朝餉のとき、栄次郎は強いて元気な顔をした。食も進まなかったが、無理して食べた。

そして、逃げるように屋敷を飛び出した。

無意識のうちに、栄次郎が足を向けたのは『ほ』組の家だった。

だが、途中で気がついた。きょうは稽古日。この時間、おゆうは鳥越の師匠のところからまだ戻っていないと思った。

引き返して神田川べりをとぼとぼと歩いていると、誰かが駆けて来るのに気がついた。

振り返ると、おゆうだった。

息を弾ませながら近づいて来た。

「栄次郎さん」

「おゆうさん。どうしたんです？　そんなに急いで」

「うちの若い衆が栄次郎さんを見かけたって言うから、追いかけて来たんです」

「お稽古は？」

「休みました」

「えっ。それはいけない。どうして？」

「だって、栄次郎さんがしばらくお休みするって聞いたから。栄次郎さんが稽古に来ないと思うと、なんだか張り合いがなくて」

「でも、それは……」

それは稽古を休む理由にはならないと言いかけたが、それを言う資格は自分にはないと思った。

栄次郎はおゆうと並んでどこへ行くという当てもなく歩き出した。

白い雲が大川の上にかかっている。

「栄次郎さん。何があったのですか。この前も、川っぷちでぼんやりしていました。私、栄次郎さんが何かで苦しんでいるなんて、ちっとも知らなくて」

「えっ。どうして私が苦しんでいると？」

「新八さんから聞きました。栄次郎さんはお稽古も出来ないほどの悩みを抱えているようだと言っていました。新八さんもとても心配していました」

「そうですか。新八さんが」

「今、新八さんも吉松さんの父上探しを手伝っているのですよ」

おゆうがはがゆそうに言う。栄次郎からいつもの手応えを感じないからだろう。

「新八さんが手伝ってくれると心強いですね」

栄次郎の頭の中にあるのは別のことだった。

そのことで、新八の力を借りようかと、栄次郎は思った。

「栄次郎さんは、悩みなんか何もない御方かと思っていました」

おゆうがしんみりした口調で言った。

「どうしてですか」

「だって、いつも春の日溜まりにいるような栄次郎さんが、北風の吹きすさぶ中をひとりで立っているように思えるんですもの」

栄次郎は黙っていた。

「悲しいわ」

おゆうがふと呟くように言った。

「なんだか栄次郎さんが遠くへ行ってしまうような気がして」

おゆうが、いきなり栄次郎にしがみついた。

「栄次郎さん。どこにも行かないで」

「どうしたんですか。私がどこかへ行くとでも思っているのですか」

栄次郎は平然を装《よそお》って言ったが、この先、自分がどうなるのか、まったくわからなかった。そんな栄次郎の不安を、おゆうは感じ取っているのか。

「さあ、おゆうさん。そろそろ帰らないと」

栄次郎はおゆうの肩に手をやった。

「おゆうさん。新八さんに会ったら、私が頼みがあると言ってくれませんか。例の家にいますから」

「わかりました」

別れがたそうなおゆうと別れたあと、栄次郎はお秋の家に行った。

吉松が『ほ』組のほうに移ってしまってから、なんとなく火が消えたようになっていた。お秋も元気がない。

「吉松がいないと、なんだか落ち着かなくて」

お秋がぼやいた。

「もし。お父上が見つからなければ、引き取ろうかしら」

「もしかの場合、そのほうが吉松のためかもしれませんね」

「栄次郎さんも、そう思うのね」

お秋は喜んで一階に下りて行った。

その日も一日お秋の家で無為に過ごした。

夕方になって、新八が顔を出した。

「おゆうさんから聞きました。何かあっしに頼みがあるそうですが」

部屋に入って腰を下ろすなり、新八がきいた。

「ぜひ、新八さんの力を借りたいのです」

「へい。なんなりと」

「あるお武家のあとをつけて、正体を探ってもらいたいのです」

「あるお武家とは？」

新八が緊張した顔つきになった。

「旗本です」

母上にお願いし、あの御方にもう一度会うのだ。そして、会ったあと、新八にあとをつけてもらうのだ。

「詳しい事情は今は話せないのですが、私にとってはとても大事なことなのです」

「わかりました。時と場所がわかったらお知らせください」

新八は部屋を出て行った。

それからしばらくして、栄次郎もお秋の家を出た。夜風もすっかり冷たくなった。

栄次郎は大名屋敷の塀伝いに西に向かった。

右手に町家が途切れ、寺の塀が続いた。その寺の山門前に差しかかったとき、いきなり門の陰から着流しに落とし差しの侍が現れた。

顔を頭巾で覆っている。身の丈は栄次郎とほぼ同じくらいか。

「矢内栄次郎か」

低い声できいた。

「いかにも矢内栄次郎だが、そなたは何者であるか」

「名乗るほどの者ではない」

覆面の侍が静かに刀を抜き、正眼に構えた。

「なぜだ？　いつぞやの武士の仲間か」

「関係ない」

ゆったりした構えだ。体に余分な力が入っていない。それでいて、全身が杭に貫かれたようにびくともしない。

間合いが詰まる。栄次郎は手をだらりと下げ、自然体に立つ。

さらに間合いが詰まった。左手で鯉口を切り、栄次郎は刀の柄に手をかけた。

相手が静かに間合いを詰めてきた。栄次郎は居合腰で待つ。だが、風の音が耳に入った。夜鳥の啼き声に反応した。栄次郎は無心になろうと努めたが、心気が充実してこなかった。

栄次郎は焦った。じりじりと間が詰まった。手のひらに汗をかいた。

切っ先が僅かに触れ合う、斬り合いの間に入ろうとする寸前で、相手の動きが突然止まった。栄次郎はおやっと思った。

その瞬間をとらえ、相手が上段の構えから打ち込んで来た。切っ先が生き物のように栄次郎の頭上を襲った。

栄次郎は剣を鞘走らせた。剣がぶつかり合う激しい音が響き、栄次郎はすぐさま横に逃れ、素早く刀を鞘に納めた。

相手は再び正眼に構えた。同じようににじり寄ってきた。そして、切っ先が触れ合う間に入る寸前で、またも動きを止めた。

なぜだ。なぜ、すぐに打って来ぬ。栄次郎は相手の動きに戸惑いながらも、剣士としての本能が蘇って来たのを感じ取っていた。

相手は同じように上段から打ち込んで来た。栄次郎は抜刀した。剣と剣が激しくぶつかり、今度は刃を交えたまま押し合いになった。

そして、お互いに申し合わせたように背後に飛び退いた。

三たび、相手は正眼に構えた。

「なぜ、私を襲う? 誰かに頼まれたのか」

「そちの噂を聞いて剣を交えたくなったのだ」

「嘘だ。金で雇われたのか。何のために、私を狙うのか、そのわけを知っているのか」

「そちが田宮流抜刀術の遣い手と聞いて興味を覚えただけだ」

「ならば、なぜ顔を隠す?」

「ようやく、余裕が出たな」

「なに?」

「最初のそなたの心は邪念が入っていた。ようやく、無心になれたようだな」

栄次郎ははっとした。斬り合いの間に入って、すぐに仕掛けてこなかったのは、栄次郎の迷いを見抜いていたからだったのだ。

「今度は手を抜かずに行く」

間合いが詰まる。

手のひらの汗も引いた。恐怖心もなかった。もはや栄次郎の心の中には何もなかった。無の中で、ただ、剣士としての本能が敵に向かわせている。いつの間にか相手が上段に構えていた。間が詰まった。激しい気合とともにさっきより凄まじい力で剣を振り下ろした。栄次郎の体も反応し、剣を鞘走らせた。

激しく剣がぶつかり合い、さっと離れたが、間髪を入れずに今度は横から風を切って剣を薙《な》いだ。

鞘に剣を納めるゆとりはなく、栄次郎は横一文字に襲って来た剣を上から叩きつけるように弾き返したが、すぐさま返す刀が襲いかかった。

栄次郎はすくい上げるように剣を払うや、すぐさま上段からの攻撃に打って出た。相手は栄次郎の剣を受け止めた。鍔迫《つばぜ》り合いになった。が、お互いに押し合い、申し合わせたように両者は後ろへ飛び退いた。

再び、相手は正眼に構え、栄次郎は剣を鞘に納め、居合腰に構えた。

間合いが詰まったとき、急に相手が剣を引いた。

「邪魔が入ったようだ。また、会おう」

いきなり覆面の侍は、三味線堀のほうに走り出した。

栄次郎は刀の柄から手を離し、辺りを見回した。ひとがやって来る気配はなかった。

あの侍はいったい何を思って引き上げたのか。不思議に思ったとき、ふとかなたに影が揺れたのに気がついた。

その影は遠ざかって行った。

気づくと、袂が裂けていた。恐ろしい相手だったと、栄次郎は吐息を漏らした。


栄次郎は組屋敷に帰り、台所で水を飲んだ。

それから自分の部屋に向かうと、兄の部屋から母が出て来るのに出会った。

「母上。ただ今、帰りました」

「あっ、栄次郎。袂が」

母は驚いて駆け寄った。

「だいじょうぶです。心配いりません」

「また狙われたのですか」

母は裂けた袂を見てうろたえた。

「栄次郎。何かあったのか」

兄も出て来た。

「帰る途中、ちょっと喧嘩に巻き込まれました」

「喧嘩だと？」

「ええ。でも、たいしたことはありません」

栄次郎は母と兄を安心させるように言った。

「そうですか」

母は深刻そうな顔で言った。

「母上。お願いがあるのですが」

「その前に着替えてきなさい。部屋で待っておりますから」

「はい」

兄にも会釈をし、栄次郎は自分の部屋に入った。

着替えてから、母の部屋に行った。

母は仏壇に灯明をつけ、線香を上げていた。

栄次郎も母の横に座り、父の位牌に手を合わせた。

(父上。私は誰が何と言おうと父上の子です。私には父上のお節介病が受け継がれているのですから。でも、それとは別にあの御方が誰だか調べます。いいですね)

栄次郎は内心で父に問いかけた。

やっと仏壇から離れ、母と向かい合った。

その瞬間、栄次郎は胸を衝かれた。母が老婆のように思えたのだ。心労が顔に出ているのだ。

「母上。あの御方にお会いしたいのです。どうぞお取り次ぎをしていただけませんか」

「今、あの御方も忙しいと思いますが」

母は苦しそうな顔で言う。

「いえ。ぜひともお時間を作っていただけるようにお願い申し上げてください。もし、必要ならお屋敷までお伺いいたしますと」

「栄次郎。何をお話しするつもりなのですか」

「すべてをはっきりさせたいのです。このままでは栄次郎は生きる屍《しかばね》と化してしまいかねません」

「栄次郎」

母は痛ましげな目を向けた。

栄次郎は真剣な眼差しで受け止めた。

「わかりました。さっそく、明日、使いを出しましょう」

「ありがとうございます」

栄次郎が部屋を出かかると、母はまたも仏壇に向かった。父に相談しているかのようだった。

部屋に戻ると、待っていたように兄がやって来た。

「栄次郎。喧嘩なんかではないな」

兄が立ったままきいた。

「はい。私と立ち合いたいのだと相手は言っていましたが、何者かに頼まれて私を襲ったものと思われます」

「栄次郎。しばらく外に出るな」

栄次郎は首を横に振った。

「それでは何の解決にもなりませぬ」

栄次郎はきっぱりと言ったあとで、

「兄上。兄上は何かご存じなのではありませんか」

「何のことだ?」

「私の出生の秘密です」

「わからん。母上も何も仰ってはくださらぬでな。だが」

兄は言い淀んだ。

「だが、何でございますか」

「いや。これは栄次郎に関係があるかどうかわからん」

「何でしょうか。お教えください」

「上役にそれとなく聞いてみたところ、一橋家には何の騒ぎもないそうだ。ただ、気になることがある」

「気になること？」

「いや。考え過ぎかもしれないのだが、私の朋輩が通っている道場に、尾張藩の者も稽古に来ているのだ」

「尾張藩？」

なぜ、尾張藩が出て来るのかと、栄次郎は訝った。

「その者が聞いたところによると、最近、尾張藩の上屋敷に、尾張から沢渡源之丞という尾張柳生流の遣い手が、弟子を何人か連れてやって来たというのだ」

「それが私に何か関係が？」

「関係ないかもしれない。だが、なぜ尾張柳生流の遣い手が、手練《てだれ》の弟子を引き連れて江戸にやって来たのか」

一瞬、栄次郎を襲った黒覆面を思い浮かべたが、あの者は尾張柳生流ではなかった。

一刀流だ。

「兄上の考え過ぎのような気がします」

「うむ。そうであろう。ただ、そう思うにはもうひとつの理由があるのだ」

兄は難しそうな顔で、

「じつは今度、尾張家に一橋家から養子に出る御方がいるそうだ」

「一橋家から」

「一橋家の斉朝《なりとも》さまが、尾張家徳川宗睦《むねちか》さまの養子になられるそうだ。宗睦さまにはお世継ぎがいない。ゆくゆくは一橋家の斉朝さまが、尾張家六十二万石を継ぐことになる」

「途方もないお話ですね」

自分には関係ない話だ。

「一橋家に絡むことというと、この尾張藩との関係しか見当たらないのだ。まあ、確かにわしらとは関係のない話だが」

兄は苦笑した。

結局、何もわからなかった。ただ、栄次郎の心にまだ見ぬ尾張柳生流の遣い手と言われる剣客の影が強く焼きつけられたことは間違いなかった。

六

翌日の朝、藤右衛門は庭石を踏み、離れに行った。

濡れ縁の前で立ち止まった。障子の影は酒をがぶ呑みしている姿だ。きょうは、朝から呑んでいる。

藤右衛門は声をかけて、障子を開けた。

「朝からではお体にさわりましょう」

「ひとの体のことだ。ほうっておいてもらおう」

「鶴見さま。なぜ、きのうはひと思いにやらなかったのですか」

藤右衛門は鋭い声できいた。

「おぬしといっしょにいた侍は誰だ？」

鶴見作之進が睨《にら》んだ。

藤右衛門ははっとした。

「お気づきになられていたのですか」

鶴見は茶碗の酒を呑み干してから、

「あの侍が雇い主か。それとも、俺が矢内栄次郎を殺ったあとに、俺を始末しようとする者か」

「めっそうもない」

藤右衛門はあわてた。なんという勘の鋭さだと半ば呆れた。

「鶴見さま。おっしゃるとおり、あのお侍さまがご依頼主でございます。鶴見さまが相手を斬るところを、自分の目で見たいと仰ったのです」

「今度は見物は無用だ。おぬしたちに気づいたら、今度もすぐ引き上げる。栄次郎を誘き出したらさっさと帰ってもらおう」

「わかりました。そうさせていただきます」

藤右衛門が引き下がろうとしたとき、鶴見作之進が呼び止めた。

「前金をもらいたい」

「前金でございますか」

「そうだ。半分の二十五両」

「わかりました。すぐご用意させましょう」

藤右衛門は離れの部屋を出た。そして、庭の途中で、ふうと大きく息を吐いた。

あの男は矢内栄次郎を始末したあと、自分がどのような目に遭うか気づいている。

恐ろしい男だと、藤右衛門は思った。

離れから戻った藤右衛門に、女房のおまさがきいた。

「あの旦那、ほんとうに役に立つのかしら。あんな酒びたりで」

「腕は立つ。矢内栄次郎をやれるだろう」

きのうの立合いを見ていたが、矢内栄次郎を圧倒していた。もし、その気なら、あの場で栄次郎を斬り捨てていただろう。

「それならいいんですけど。さあ、どうぞ」

おまさが茶をいれてくれた。

「旦那さま」

廊下で声がした。

「おや、峰吉だわ」

おまさが立ち上がって障子を開けた。

「峰吉。どうしたんだ?」

「はい。旦那さまにちょっとお知らせしておこうと思いまして」

「栄次郎のことか」

藤右衛門が湯呑みを置いて声をかけた。

「いえ。鶴見さまのことで」

「鶴見さまのこと？　よし、入れ」

峰吉は奉公人といっても、おまさの弟だから身内である。

「失礼します」

峰吉が部屋に入って来た。

「何だ？」

藤右衛門は話を促した。

「例の黒船町の家に六、七歳っていう男の子がおりました。今は、町火消『ほ』組の家に厄介になっているのですが、この子は誰かを探しているらしいのです。それで、行商の振りをして女中に確かめてきました。そしたら、父親を探しているということでした。旦那さま。父親の名は何だと思います？」

その言い方で、藤右衛門ははっとした。

「まさか、鶴見さまか」

「はい。そうなんです。子どもの名は吉松。父親の名は鶴見作之進。半年ほど前まで神崎道場で師範代をしていたそうです」

「鶴見さまに、子どもがいたのか」

藤右衛門はなんとなく腑に落ちる思いがした。

「なんでも、母子で江戸に向かう途中、母親が病に倒れて――」

藤右衛門は目を細めて壁に目をやった。

何か暗い過去はあると思っていたが、鶴見作之進は妻子を捨てて江戸に出て来たものと思える。

何があったのだろうか。おそらく刃傷沙汰《にんじょうざた》で、脱藩して逃亡したのであろう。

金を欲していたのは妻子に仕送りをするためのものだったかもしれない。

「よく調べてくれた」

藤右衛門は峰吉をねぎらった。

峰吉が引き上げたあと、冷たくなった茶を喉に流し込んだ。

神崎道場を、なぜやめたのか。

明日、神崎道場に行ってみようと思った。なぜ、これほどあの浪人に肩入れをするのか、自分でもわからなかった。

ただ、あの翳がほうっておけない気持ちにさせるのだ。あのような腕を持ちながら、酒浸りで破滅していく男に、藤右衛門は同情を寄せているのだ。

翌日、藤右衛門は芝・神明町に神崎道場を訪ねた。道場主に酒を、妻女へは化粧品と土産を持参したせいか、道場主の神崎は藤右衛門を客間に通してくれた。

茶を持って来た妻女が、土産の礼を言って部屋を出て行ったあと、藤右衛門は鶴見作之進のことを訊ねた。

「さよう。半年ほど前まで、当道場にて師範代を務めていた。して、鶴見作之進が何かしたのか」

「いえ。そうではありませぬ。一度、助けていただいたので、御礼に上がりたいと思いましたが、居場所がわからず、こちらさまに伺えばわかると言われ、参上したまでてございます」

道場のほうから掛け声が聞こえてくる。

「なぜ、鶴見さまはこちらをおやめになったのでしょうか」

「あの者は故郷を出奔して来たようだ。それなのに故郷の者に見られてしまった。それで、ここにいられなくなったのだろう」

「なるほど」

それで逃げたのかと、藤右衛門は合点した。

「いったい何があったのでしょうか」

「ひとをふたり斬り、脱藩したらしい」

「ひとをふたりも？」

やはり、そうだったのかと、藤右衛門は吐息をもらした。

「でも、どうしてわかったのですか」

「じつは、先日、西国のその藩の者が、当道場に鶴見作之進を訪ねて来た。その者が言うには、家老のばか伜を斬り捨てて失踪したらしい」

「家老の伜を？」

「うむ。だが、その伜はおやじの権威を笠に着てのやりたいほうだい。町家の娘をかたっぱしから犯すなどの乱暴狼藉。その伜に泣かされた者は数知れない、という性悪な息子だったらしい。それでも、家老の伜ということで、誰も手が出せないでいたのだ」

「それを鶴見さまが？」

「そうだ。その伜とつるんでいた侍といっしょに斬って捨てたらしい。どんな悪い奴でも家老にしてみれば息子の仇だ。鶴見作之進は逃亡せざるを得なかったのだろう」

神崎は息継ぎをし、

「ところが、事情が変わったそうだ」

「変わった？　どういうことでございますか」

「ふたりを殺したことに、お咎《とが》めなし、ということになったらしい」

「それはまたどうしてでございましょうか」

「詳しくは言わなかったが、去年、家老が亡くなったという。それで、事情が一変したそうだ」

「すると御帰参が叶うことに？」

藤右衛門は一瞬気持ちが弾むのを感じた。

「そうだ。我らも、そのことを知らせてやりたくて、鶴見作之進を探しているところだ。そなたも、もし出会うことがあったら、ぜひそのことを告げてくれ」

「わかりました」

そう答えたものの、藤右衛門は困惑しながら、

「ちなみに、どこの藩でございますか」

「いや。それは言わなかった。恥であるからご容赦願いたいということだった」

「さようでございますか。おかげさまで事情がわかりました」

藤右衛門は礼を言い、神崎道場をあとにした。

帰りの駕籠に揺られながら、藤右衛門は心で葛藤していた。鶴見作之進にとっては幸運が舞い込んで来たのだ。それを知れば、長年の苦悩から解放されるであろう。だが、藤右衛門はそれを言うわけにはいかない。鶴見作之進には、矢内栄次郎を殺すという役目を与えている。だが、そのあとで始末されることになっているのだ。

よほど、鶴見にこの役目から下りてもらおうかとも思った。だが、江藤新左衛門が承知するとは思えない。

店に帰り、離れに行った。

珍しく、鶴見作之進は部屋の真ん中で刀を抜いて刃を確かめていた。

「よろしいですかな」

藤右衛門が上がり込むと、鶴見作之進は刀を鞘に納めた。

「きこうきこうと思っていたのですが、鶴見さまはなぜご浪人になられたのでしょうか」

知っていてきくのは意地が悪い気がしないでもなかったが、そうしなければ何も話してくれないと思ったのだ。

「昔のことだ」

「鶴見さまにはご妻子は？」

「いない」

「そうですか。私はまた国許にご妻女とお子でもおありなさるのかと思っておりました」

「なぜ、そう思うのだ？」

子どもが探しているとあやうく口に出かかったが、なんとか押さえた。

「失礼ですが、あの苦しみから逃れるような酒の呑みようでございます。見ている私どものほうが、胸の苦しくなるような呑みかたでございますから」

「俺には酒が唯一の友だ」

「国許にはお帰りなされないのですか。ご帰参が叶うのをお待ちではないのでしょうか」

「藤右衛門。何が言いたいのだ」

鶴見作之進が訝しげにきいた。

「何日もこうして顔を突き合わせていますと、不思議なもので、情が湧いて参ります。鶴見さまの苦しそうな姿に私の胸も痛むのでございます」

「まだ成り上がっていこうという商人らしくない感傷だな。そんなことでは他人に足をすくわれかねないぞ」

「さようでございますな」

藤右衛門は苦笑した。

「でも、私は鶴見さまが気になるのでございますよ。もし、鶴見さまがご帰参を願っておいでなら、今度の仕事をお頼みしたのは、いけなかったのかもしれない、と思いましてね」

「帰参などありえん。俺は江戸の片隅で朽ち果てていくだけだ」

「もったいのうございます。それだけの腕とご器量があれば、必ずご帰参が叶うと思いますが」

「もう、よせ。そんな話は。それより、そろそろやるぞ」

「鶴見さま。もし、いやならいやだと」

「藤右衛門。きょうはそなたはおかしいぞ。何かあったのか」

「いえ。なんでもありませぬ」

「田宮流抜刀術の矢内栄次郎。相手にとって不足はない。よき相手に巡りあわせてくれたと感謝している」

「鶴見さま」

藤右衛門ははっとした。もしかしたら、鶴見作之進は死ぬつもりなのかもしれない。よき死に場所を得た、と思っているのかもしれない。

「鶴見さま。生きてくださいよ。いや、生きなければなりません。いいですね。絶対に生きるんですよ」

藤右衛門の声を聞き流すように、鶴見作之進は顔を背け、その視線は庭の柿の木に向いていた。

七

今、浄土宗の寺院は十夜《じゅうや》といって、法会が行われている。

栄次郎が庫裏に向かうと、本堂にお参りをしている大勢のひとの中に新八がいた。

栄次郎は新八と目を合わせてから、庫裏に行った。

多くの参詣客で賑わっているが、庫裏の裏庭に面した部屋は騒音が届かず静かだった。

静かな佇いの庭を眺めながら待っていると、ようやくあの御方が現れた。

やや重い足取りで、向かいまでやって来て腰を下ろした。

「お呼び出しして申し訳ありませぬ」

栄次郎は手をついて詫びた。

「いや」

その御方の声は強張《こわば》っていた。

「栄次郎。また、襲われたそうだの」

母から聞いたのだろう。

「浪人です。以前の侍の一味かどうかはわかりません」

「そうか」

「御前」

栄次郎は覚えず声が強まった。

「きょうこそ、はっきりさせたく参上いたしました。どうか、ほんとうのことをお話しください」

「栄次郎。まだ、話せぬのだ」

その御方は苦しそうに言う。

「なぜでございますか」

その御方から返事がない。

「教えてください。私の父は矢内の父ではないのでしょうか。どうぞ、教えてください」

「栄次郎。時がくればわかる。それまで待つのだ。そう長い時期ではない」

「待てませぬ。こんな足元が揺らいでいるような状態で、毎日を過ごすことには限界がございます。最近、母はすっかり老け込んだ様子。心労の表れだと思います。私の父は、御前、あなたさまでしょうか。あなたさまが私の父上……」

「栄次郎。そなたは私の子ではない。違うのだ」

「違う？　では誰の子なのですか。私を殺そうとしていた連中は、何のために私を亡き者にしようとしたのですか。私の存在がなぜ、あの者たちにとっては邪魔なのですか」

「栄次郎。今、すべてを話すことが出来ないのは、そなたの身に、万が一のことがあってはならぬからだ。それ以上は言えぬ。栄次郎。許してくれ」

「納得出来ません。御前が私の前に現れてから、私の周囲で何かが変わろうとしているのです」

このままでは母に限らず、兄までぼろぼろになってしまう。

「苦しかろうがもう少しの辛抱だ。さすれば、必ずすべてを包み隠さずに話す」

栄次郎は肩を落とした。

「栄次郎。そなたの気持ちはよくわかる。だが、私を信じて待ってくれ」

その御方が立ち上がった。

「いつか、またそなたの糸で唄いたいものだ」

そう言い残して、あの御方は引き上げて行った。

自分の子ではないと言ったあの御方の言葉に、嘘はないようだ。栄次郎の実の父親は他にいる。いったい誰なのだ。

私はいったい何の騒動に巻き込まれたというのか。

栄次郎は寺を出てから屋敷に戻らず、湯島の切通しを下って下谷広小路を突っ切った。

黒船町のお秋の家で、久しぶりに三味線を手にした。

糸の音が陰に籠もっているのが自分でもわかった。撥を持つ手の感触もどこかしっくりいかなかった。

以前に弾いた『京鹿子娘道成寺《きょうかのこむすめどうじょうじ》』を浚ってみた。

花の外には松ばかり、花の外には松ばかり
暮れそめて鐘や響くらん

次に三味線の三の糸を一音下げ、三下りにする。


鐘に恨みは数々ござる……

初夜の鐘を撞くときは、諸行無常と響くなり……


（だめだ）

手が思うように動かない。

栄次郎は愕然として、三味線を置いた。

新八はあの御方の行方を突き止めることが出来ただろうか。

あの御方は栄次郎の父親ではなかった。正面きって言ったのだから、そのことはまず間違いあるまい。

では、俺は誰の子なのだ。

誰の子であろうと、今は矢内栄次郎であり、矢内家の次男であり、この先もそれは変わることはない。だが、実の父が別にいるのなら、誰なのか、それを知りたい。

夕方になって、お秋が新八がやって来たことを告げた。お秋の後ろから、新八が部屋に入って来た。

「ご苦労でした」

栄次郎は新八をねぎらった。

お秋がなかなか部屋を出て行こうとしないので、新八が憎まれ役を買って出た。

「すいやせん。栄次郎さんとお話があるので、ちょっと座を外してもらえませんか」

「あら、私がいたんじゃ邪魔なのですか」

「いえ。男同士の話でして」

「お秋さん。すみません」

「わかりました。じゃあ、お話が済んだらお声をかけてください」

新八を睨んでから、お秋は部屋を出て行った。

すぐ新八が立ち上がって障子を開けた。どうやら、お秋が廊下にいたらしい。新八が苦笑して戻って来た。

「駕籠の行き先がわかりました」

真顔になって、新八が切り出した。

「で、あの御方とは？」

「小石川にある三千石の旗本岩井半左衛門《いわいはんざえもん》さまのお屋敷に入って行かれました」

「岩井半左衛門さまなのか」

「いえ。ご当主は三十代だそうで。その当主の父親、今は隠居の身のようです」

新八は声をひそめ、

「門番や中間《ちゅうげん》、それに隣りの屋敷の中間などにも鼻薬を利かせて、聞き出したんですが、あの隠居は西の丸に奉公をしていたそうです」

「西の丸？」

「もっと調べてみますかえ」

「いや。いい」

また兄に調べてもらおうと思った。

お秋の家を出たときからつけられていることに気づいた。だが、栄次郎は無視して先を急いだ。

尾行者がずっとついて来る。顔を確かめようと、池之端のほうに足を向けた。

池之端に差しかかったとき、三味線の音が聞こえて来た。春蝶だと、栄次郎はその音のほうに足を向けた。

今頃は、大師匠から許され、吉原で門付けをしているものと思いきや、ここで春蝶の糸の音を聞くとは思わなかった。やはり、許されなかったのだろうか。

もう尾行者のことなど関係なくなった。

音を追って、路地から路地を抜け、やがて小さな小料理屋の前で三味線を弾いている春蝶を見つけた。ひとりだった。

ことに、今のような心境には心を揺さぶられる語りだった。

祝儀をもらい、頭を下げて春蝶がこっちにやって来た。

「栄次郎さん」

春蝶が気づいて足を止めた。

「春蝶さん。まだ、大師匠の許しは出ないのですか」

「だめでした」

春蝶は力なく答えた。

「栄次郎さん。どうです、どこぞで」

「でも、まだ流すのではないのですか」

「いえ。今夜はもう切り上げようかと思っていたところです」

「そうですか」

「あっしの懇意にしている店がありますから」

小柄な春蝶と並んで歩いて、上野元黒門町にある小料理屋に入った。軒提灯《のきあんどん》に、『おせん』と書いてあった。

「春蝶さん、いらっしゃい」

かすりの着物の女が元気のよい声を出した。

三つの卓に小上がりの座敷。ひとつだけ空いている卓の樽椅子に腰を下ろした。

「姉さん。熱燗で」

春蝶が女に注文した。

「よくここには？」

「流したあと、よく寄ります」

奥から、年増の色っぽい女が出て来た。女将のようだ。

「春蝶さん。こちらは？」

「あっしの若い友人で矢内栄次郎さんだ」

「女将のおせんです。ご贔屓《ひいき》に」

栄次郎はあっと覚えず声を上げた。

「女将さん」

「はっ？」

女将は訝しげに切れ長の目で見返した。

「とてもいい香りがしますね。それ、なんという香りなのですか」

お篠から匂ったものと同じだと、栄次郎は思った。

特に、匂いに敏感というわけではないが、あのときの香りは強く記憶に刻み込まれているのだ。

「これは、『宵待香』という鬢付油ですよ。最近、売り出されて、今人気があるそうです」

「どこでお買い求めに？」

「天神さんの男坂の近くにある『白鷺屋』という店です」

新たな客が入って来て、女将はそっちに向かった。

「あの女将は数寄屋町の芸者だったんですよ」

春蝶が言う。

「春蝶さんのおかげで探し求めていたものが見つかりました」

「なんだか知りませんが、お役に立ったのならよかった。それより」

と、春蝶は話題を変えた。

「吉松はどうしています？」

「元気です。まだ父親の行方はわかりませんが」

「そうですかえ」

銚子が運ばれて来た。

「さあ、どうぞ」

栄次郎は銚子をつまんだ。

「すいません」

春蝶の猪口に注ぎ、それから栄次郎は自分の猪口に注いだ。

「なんとか父親に会わせてやりてえ。いや、父親だって吉松に会いたいんじゃないですかねえ」

そういう春蝶の目に、涙が見えた。

「春蝶さんにもお子さんがいたんでしたね」

「俺はばかだった。妻子を捨てて、他の女と暮らしちまったんです。どうやって探したのか、女房が子どもを連れてあっしと女の住いまで訪ねて来たことがありました。ちょうど、子どもは吉松ぐらいの歳でしたね」

後悔の念のせいか、春蝶の顔は強張っていた。

「あっしもまだ若かった。冷たく追いはらっちまった。姉さん、丼をくれねえか。それと酒だ」

春蝶は店の女に言う。

「あとから思えば、女房は子どもを連れて、色里をあっしを探して徘徊していたに違いねえ。子どもはどんな思いで、母親に手を引かれていたか」

丼が届くと、春蝶はそこに銚子の酒をこぼすように入れた。

「栄次郎さん。すまねえ。きょうは聞いてもらいてえんだ」

「ええ、聞きますよ」

「ありがてえ」

春蝶は丼の酒を喉を鳴らして呑んだ。口から酒がこぼれた。辛そうな呑みかただ。

「あっしは宮古太夫という名人に会いに加賀の国に行った。だが、あっしの目的はそれだけじゃなかったんだ」

「まさか」

妻子に会いに行ったのかと、栄次郎は思ったのだ。

「その、まさかですよ。捨てた妻子を山中温泉で見かけたというひとがおりましてね」

「それで山中温泉に？」

「ええ」

「会えたのですか」

「はい。でも、会うまで半年以上かかりました。最初に行ったときは見つからず、流しで暮らしていました。もし、女房が私の噂を耳にすれば、会いに来てくれるかもしれない。そう思ったのです」

「じゃあ、会いに来てくれたわけですね」

「来ました。ある日、近くの町から商家の家族が湯治に来ましてね。その宴席に招かれたのです。そこで、先さまご希望の『明烏《あけがらす》』と『蘭蝶』を語りました。驚くじゃありませんか。そこの内儀が別れた女房、若旦那が私の息子だったのでございますよ」

「若旦那が？」

「最初はわかりませんでした。なにしろ、二十年以上も前のことですからね。語りながら、私は息子だとわかりました。息子も父だとわかったようです。女房も歳をとっておりましたが、面影がありました」

「名乗り合わなかったのですね」

「向こうは幸福そうに暮らしておりました。もう何も言うことはありません。息子の目は、私を許してくれていました。それだけで十分だったのですよ」

「そうですか。よかったですね」

だが、栄次郎は今の話はほんとうのことなのかと疑った。もし、それがほんとうならどうしてそんな辛そうな表情をしているのか。

「さあ、春蝶さん。呑んでください」

栄次郎は酒を注いで、銚子が空になったので酒を注文した。

「捨てた女房と子どもが幸せになっている。こんなうれしいことはありませんよ」

「そうですよね」

「吉松にも父親に会わせてやりたいんですよ。息子だって……」

春蝶は絶句した。

「いつか会えます。だいじょうぶです」

春蝶から声はなかった。

ぐらりとして、春蝶は卓に突っ伏してしまった。腕が当たって、銚子が転がった。

あわてて摑む。

「春蝶さん」

肩を揺すったが、どうやら酔いつぶれてしまったようだ。

栄次郎は女将を呼んだ。

「駕籠を呼んでもらえませんか」

「春蝶さんならだいじょうぶですよ。四半刻（三十分）もすれば目を覚ましますから。いつもそうなんです」

「そうですか。でも、ここで突っ伏していたんじゃ他のお客さんに迷惑でしょう」

「構いませんよ。春蝶さんのことは皆さん、ご存じですから」

「お侍さん。構いませんよ。慣れっこになっていますから」

近くにいた職人ふうの男が言った。

「そうですか。じゃあ、しばらくこのままにしておきます」

ふと春蝶が突っ伏したまま何か言った。

「勘弁してくれ。すまなかった。もっと早く、会いに行っていたら……」

「春蝶さん、なんですか」

栄次郎は声をかけた。が、返事はない。

また寝息が聞こえた。どうやら寝言のようだ。

「春蝶さん、別れた妻子と会えたなんて言っていましたけど、私には会えなかったと言っていたんですよ」

「そうですか」

勘定を払い、あとのことを頼んで、栄次郎は店を出た。

結局、春蝶は妻子に会えなかったのではないか。もっと早く、会いに行っていたらという寝言は、妻子の身に何かあったことを窺《うかが》わせる。

幸せな暮らしではなく、不幸な人生を終えたのだろうか。

池之端から湯島に向かって歩き出したが、尾行者はいなかった。だが、栄次郎の辿る道を知っているならこの先で待ち伏せ出来るはずだ。

そう思いながら、切通しに近づいたとき、案の定、黒い影がぬっと現れた。

着流しに落とし差し。顔を頭巾で覆っている。

「この前の者だな」

栄次郎は静かに問うた。

「そなたに私を殺《や》るように命じたのは誰なのだ。教えてくれ」

「おぬしと立ち合いたいだけだと言ったはず」

「ならば、なぜ顔を隠す。やましいところがあるからだろう」

相手は静かに剣を抜いた。そして、ゆったりと正眼に構えた。体に余分な力が入らず、柔らかい構えだ。

栄次郎は手をだらりと下げ、自然体に立った。この相手に対しては不思議なことに、栄次郎はこのように構えるのだ。

相手の剣先は栄次郎の眉間にぴたっと当たり、ぴくりとも動かない。ためしに、微妙に体を横にずらしてみると、相手が動いた気配が感じられないにも拘《かか》わらず、剣先は同じように栄次郎の眉間をとらえている。

間合いが詰まる。栄次郎はただ立っていた。相手が仕掛けて来るのを待つだけだ。間が詰まった。相手は静かに剣を頭上に振り上げた。いつ上段に構えたのか気づかないほどの静かな動きだ。

が、突然突風が吹いたように、凄まじい勢いで相手は踏み込んで来た。栄次郎は左手で鯉口を切り、居合腰になってぐっと鞘を後ろに引き、腰を浮かせながら刀を鞘走らせた。横一文字に走った栄次郎の剣は相手の腹部をかすめ、相手の振り下ろした剣は栄次郎の袖口を裂いた。

相手はすぐさま離れ、再び正眼に構えた。栄次郎の横一文字から続く第二の袈裟懸けの攻撃を避けたのだ。

剣を鞘に納め、栄次郎も最初と同じに自然体で向き合った。いずれが勝つか。次は決着がつく。

間合いが詰まった。そして、相手は上段から斬りかかってきた。栄次郎の体も反応した。居合腰から剣を抜き、横一文字に剣を払った。相手は今度は離れず、逆袈裟の構えになった。栄次郎は横一文字からの返す刀で袈裟懸けに相手の肩に斬りつけた。栄次郎の剣の切っ先が相手の肩に迫った。が、栄次郎は寸前で剣を止め、さっと後ろに飛び退いた。

「なぜだ」

剣を構えたまま、栄次郎は叫んだ。

相手は今度は脇構えで腰を落とし、剣を水平に構えた。

「なぜだ？」

栄次郎はもう一度きいた。

が、相手は無言で迫った。相手が上段に構え直して打ち込んで来たのを、栄次郎はすくい上げるように相手の剣を払い、そして、踵を返すやいきなり駆け出した。

栄次郎の突然の行動に、相手が軽い驚きの声を上げたようだった。

途中で、栄次郎は剣を鞘に納めた。すでに、相手の姿が闇に紛《まぎ》れていた。

(なぜだ)

なぜ、あの男は仕掛けてこなかったのだと困惑した。

答えはひとつだ。あの侍は死ぬつもりだったのだ。わざと斬られようとした。いったい、あの侍は何者なのだ。

栄次郎はわけのわからないまま、屋敷まで駆けた。

第四章　父と子

一

栄次郎は日本橋小舟町にやって来た。

湯島天神男坂にある化粧品店の『白鷺屋』を訪ねたが、お篠の手掛かりはなかった。が、『宵待香』の売り出し元は、小舟町にある『麗香堂』だと教えてくれたのだ。

その『麗香堂』はこぢんまりとした店だが、白と黒の色調の洒落た感じの店だった。

紺の暖簾を潜って土間に入ると、二十二、三ぐらいの手代ふうの男が目を見開いて、栄次郎を見た。が、すぐにあわてたように目を逸《そ》らした。

香が焚いてあり、よい香りが店内に漂っている。

栄次郎は応対してくれた中年の番頭から『宵待香』を買い求めたあとで、

「ご主人にお会いしたいのですが」

と、頼んだ。さっきの手代ふうの男は店にいなかった。

「お約束でございましょうか」

「いえ。こちらで売り出された『宵待香』を買われた客のことで、ご主人にお伺いしたいことがあるのです」

中年の番頭は警戒ぎみに、

「お客さまのことは話せないと思いますが」

「わかっています。ですから、ご主人に相談したいのです」

「でも」

番頭は難色を示した。

奥への入口にかかっている暖簾をかき分けて、三十半ばと思える渋い感じの男が顔を出した。

「番頭さん。構いませんよ」

「あっ、旦那さま。では、私は」

そう言って、番頭は他の客のところに行った。

「私が主人の藤右衛門ですが」

上がり框の近くに正座をし、藤右衛門が頭を下げた。

「私は矢内栄次郎と申します。こちらのお店に、お篠という腰元が『宵待香』を買い求めに来たことはありませぬか」

「いえ、ございません。そのお篠という御方がどうかなさったのでございましょうか」

「ある事情で探しているのですが、お篠どのが『宵待香』を使っているというのが唯一の手掛かりでして」

「さようでございますか。『宵待香』は贈物にもされております。その御方が来店なさらずとも、どなたかがお買い求めになって差し上げたということも考えられます」

「そうですね。わかりました。どうもお邪魔をしました」

栄次郎は引き上げた。

暖簾をかき分けて外に出ようとしたとき、ふと主人の藤右衛門の視線が栄次郎の背中に当てられているのがわかった。

栄次郎は外に出た。

少し行ってから振り返る。『麗香堂』という看板が陽光を受けて輝いている。

手代ふうの男の態度といい、主人藤右衛門の態度が腑に落ちなかった。

栄次郎は小舟町から小伝馬町、馬喰町を通り、浅草御門を抜けて、佐久間町にある、おゆうの家に寄った。

火消『ほ』組の広い土間に入ると、鳶の若い者が栄次郎の顔を見るや、すぐ奥に飛んで行った。

小走りにおゆうがやって来た。

「栄次郎さん。いらっしゃい」

吉松も駆け寄って来た。

「さあ、栄次郎さん。上がって」

栄次郎はおゆうに急《せ》かされ、内庭の見える部屋に行った。

「おゆうさん。これ」

栄次郎は懐から『宵待香』を取り出した。

「えっ。これ、私に。『宵待香』ね。うれしいわ」

はしゃいでいるおゆうから吉松に顔を向け、

「まだお父上の手掛かりはつかめないか」

と、きいた。

「はい。『ほ』組の皆さんに助けてもらっているのに、まだ父上の行方はわかりません」

「おとっつぁんが、他の火消の組にも頼んで、きいてもらっているんだけど、まだなんにも」

おゆうが笑みを引っ込めて言う。

「これほど探し回っていたら、鶴見さまのお耳にも入るんじゃないかと思うんです。それが何の反応もないということは……」

おゆうが心配そうに言う。もう江戸を出ているのではないかと考えたらしい。

「いや。江戸にいる。きっと見つかる」

栄次郎は吉松を励ました。吉松にとって父親と会うことがいいことかどうか、栄次郎は不安を感じているのだ。

「栄次郎さま。春蝶さんはお元気でしょうか」

吉松が身を乗り出した。

「元気だ。そうだ、一度、春蝶さんのところに行ってみないか」

「はい。行きます」

吉松ははっきりした声で応じた。

栄次郎は四半刻（三十分）ほど過ごしてから、おゆうの家を出た。

黒船町のお秋の家に戻ると、新八が待っていた。

「待たせてしまいましたか」

「いえ。お秋さんがお相手をしてくだすったんで、楽しく待たせていただきました」

ときたま、新八はお秋の喜ぶものを手土産に持って来るので、お秋も新八には心を許しているようだ。

お秋が部屋を出て行ってから、新八が声を潜め、

「栄次郎さん。じつはゆうべ、岩井半左衛門の屋敷に忍び込みましてね」

「なんですって」

「どうも気になってならなかったんですよ。隠居は今は文兵衛《ぶんべえ》と名を改め、屋敷内に別に隠居所を造って住んでおりました。その隠居所に忍び込んでみたのですが、栄次郎さんとの関係を示すような手掛かりは摑めませんでした。ただ、文兵衛のところに使者が来ました。それで、きょう、文兵衛のあとをつけてみたんです」

新八は息継ぎをし、

「向かったのは向島のたいそうな造りの寮でした。誰の寮だと思います？」

「一橋家に縁のある御方の寮でしょうか……」

「治済《はるさだ》さまの寮だそうです」

「治済さまとは、今の将軍の御尊父」

「そうです。大御所の治済さまです」

あの御方と大御所の治済が繋がっている。治済は一橋家の二代当主であり、我が子を十代将軍の養子に出し、その子が十一代将軍の家斉《いえなり》である。

栄次郎は兄の言葉を思い出す。

治済は、我が子を徳川尾張家へ養子に出そうとしているという。その尾張から、尾張柳生流の遣い手が江戸にやって来ているらしい。

あの御方が、大御所の治済と繋《つな》がっているとして、栄次郎にどのような関係があるのだ。

「寮に忍び込んでみましたが、話を聞くことは出来ませんでした」

「いえ。そこまでわかれば御の字です」

栄次郎は新八をねぎらってから、

「ところで、もうひとつ、お願いがあるのですが」

「なんなりと仰ってくださいな」

「日本橋小舟町に化粧品の『麗香堂』という店があります。お篠という女から受けた香りはこの店が売り出した『宵待香』という鬢付油に間違いありません。この店の主人は藤右衛門という三十半ばの男ですが、どこか一癖ありそうな気がするのです。それに、二十二、三歳ぐらいの手代ふうの男はどうも私を知っているような気がするのです」

「わかりました。さっそく調べてみましょう」


その夜、屋敷に帰った栄次郎は、部屋に下がった兄を追った。

「兄上。ちょっとよろしいでしょうか」

「まあ、入れ」

部屋に入って、向き合った。

「あの御方の正体がわかりました」

兄が眉をひそめた。

「あの御方は旗本の隠居岩井文兵衛さま。西の丸の大御所さまとご懇意の様子」

兄は口を真一文字に結び、やや目を下に向けている。

「どうしてわかったのだ?」

「はあ。いろいろひとを使って調べてみました」

新八のことは話すことなど出来ない。

「それより、兄上。兄上は、ひょっとしてご存じだったのでは?」

「うむ。知っていた」

「なぜ、教えていただけなかったのですか」

「栄次郎」

兄が低い声を出した。

「そなたは、大御所治済さまの評判を聞いたことがあるか」

「いえ」

栄次郎は窺うように兄を見た。

「一言で言えば陰謀家だ」

「陰謀家?」

「我が子を将軍家や御三家、御三卿の家に養子に出している。この前も言ったように、今も尾張家へ我が子を養子に出そうとしている。ひょっとしたら、そこで何か騒動が起こっているかもしれない。そこに栄次郎が巻き込まれているのではないか。そんな心配がしているのだ」

兄はため息をつき、

「こっちも調べを続けている。すべてがはっきりするまで、栄次郎に余分なことは話さないほうがよいと思ったのだ」

「そうでしたか」

だが、兄の心配は杞憂だ。そんな雲の上のような出来事に自分が巻き込まれるとは思えない。もっと別な理由からだ。

「あの御方、いや岩井文兵衛さまは大御所がまだ一橋家の当主だった頃、用人としてお務めだったそうだ。そのときの近習番が父だ」

「やはり、あの御方は父をご存じだったのですね」

「そうだ。だが、それ以上はまだわからない。この先は想像になってしまう」

「兄上の想像でも構いません。教えていただけませんか」

「いや。事は重大だ。迂闊《うかつ》には言えぬ。それに、あまりにも信じられぬことだからな。わかってくれ」

兄は諭《さと》すように言ったあとで、

「ただ、もし、想像が外れていなければ」

「なんでしょうか」

「いや。考え過ぎだ。いい」

何を不安に思ったのか気になったが、兄は口を閉ざした。

二

『名月』の奥座敷で、藤右衛門は江藤新左衛門と会っていた。もうひとり、尾張柳生流の達人沢渡源之丞がいる。

藤右衛門は江藤新左衛門に謝った。

「申し訳ございません。先夜は、矢内栄次郎は急に逃げ出しということです」

峰吉の話では、互角の勝負のようだったが、いきなり栄次郎が逃げ出したのだと言う。

江藤新左衛門は難しい顔で、

「二度失敗している。鶴見作之進という男だけに頼ってはおられぬな」

と、焦《じ》れたように言う。

「お待ちください。もう一度、機会を」

「今度は我らが遠巻きに囲み、栄次郎を逃さぬようにしましょう」

沢渡源之丞が猪口を持ったまま言う。

「だが、そのような場所に栄次郎を誘《おび》き出せるか。木下川村、日暮里とせっかく誘き出しながら、二度とも失敗した。もう栄次郎を誘き出すことは難しいだろう」

「そのことでございますが、お篠どのを使えば矢内栄次郎を誘き出せるかもしれませぬ」

「ほう、それはどういうわけだ？」

「お篠どのは栄次郎に印籠を渡すとき、『宵待香』を髪につけておりました。その香りを、栄次郎は覚えており、お篠どのを探す手掛かりにしていたようでございます」

栄次郎が店に顔を出したことを話すと、江藤新左衛門は口許に笑みを浮かべた。

「よし。誰ぞをお篠に化けさせればいい」

「お篠どのはいかがなさいましたか」

「あの女。栄次郎に同情しおった」

「同情？」

「心を奪われたのであろう。ばかな奴め。お篠は栄次郎に何もかも話してしまう危険性がある。しばらく屋敷から一歩も外に出さないようにしているのだ」

「さようでございましたか」

「なあに、お篠の代わりになる腰元はたくさんいる」

「わかりました。で、誘き出すとしたら、向島辺りでいかがでありましょうか。寺島村や隅田村に、幾つか大名の下屋敷がございます。そこのお屋敷の腰元を匂わせて、寺島村の白髭神社に誘き出せばいかがでしょうか」

「いいだろう」

江藤新左衛門は沢渡源之丞に顔を向け、

「おぬしは遠巻きに、ふたりの闘いを注視しているのだ。いずれにしろ、ふたりとも始末せよ」

「はっ」

「藤右衛門。さっそく、矢内栄次郎を誘き出すのだ。もう、時間がない」

「わかりました。さっそく明日にでも」

藤右衛門は駕籠で小舟町に帰った。

おまさに手伝わせ、着替え終えたあと、藤右衛門は離れに行った。

「鶴見さま。よろしゅうございますか」

「構わぬ」

障子を開けると、珍しく酒を呑んでいなかった。

「どうなさいました、お酒は？」

「酒も飽《あ》いた」

「明日、矢内栄次郎を寺島村に誘き出します。今度こそ、そこで決着を」

「わかった」

鶴見作之進は居住まいを正し、懐から袱紗包を取り出した。

「これは前金の二十五両だ。ここに手紙が添えてある。明日、出かけたあと、これを部屋に置いておく。この手紙の主に届けて欲しい」

「わかりました」

「そちを見込んで頼む」

いつになく、鶴見作之進は厳しい顔で言った。

おそらく、子どもに残すつもりなのかもしれない。いつぞや、出かけて帰って来たときの様子がおかしかったという。おそらく、子どもが探していることを知ったのだろう。

今、『ほ』組の町火消たちが、手分けして鶴見作之進の行方を探している。なぜ、自分の子どもに会おうとしないのか。

それは、藩から追われる身だからであろう。家老の伜と仲間を斬り捨てて失踪したらしい。そのことがあるから、子どもにも堂々と会えないのだ。

だが、状況は一変したらしい。家老も亡くなり、鶴見作之進のやったことにお咎めなしの沙汰が出たのだという。

非は殺された家老の息子にあったことが、藩の重役たちにもわかった。そこで、帰参命令が出たのだ。

だが、鶴見作之進はそのことを知らない。藤右衛門はあえて言わなかったのだ。言えば、刺客の役を下りると言い出すかもしれない。

「鶴見さま。あなたさまはひょっとして」

死ぬつもりではないのかと、藤右衛門は口に出かかった。

帰参命令が出たことを知れば、鶴見作之進は生きる気力を取り戻すだろう。だが、刺客を断るに違いない。もちろん、子どもにも会う。

よほど口にしようかと迷った。そして、解放してやろうかと思った。

このままでは鶴見作之進はどっちに転んでも死ぬのだ。栄次郎を斬ったとしても、そのあとで尾張柳生流の遣い手たちに襲われる手筈になっているのだ。

自分はこんな冷酷な男だったのかと、藤右衛門は自分に問いかけた。もし、正直に話せば、父子は巡り会い、故郷に帰れるのではないか。

だが、喉元まで出かかった言葉を呑んだ。それは、江藤新左衛門を裏切ることにな
る。やっと店をここまでに出来た。さらに、大きく発展させていくために、尾張藩御
用達になることが必要なのだ。
そうなれば、ゆくゆくは大奥にまで入り込める。店の前に、大奥御用達の看板を掲
げることが夢なのだ。
「では、明日、しっかりとお願いいたします」
ついに藤右衛門は言い出せなかった。重たい気持ちで離れの部屋から引き上げよう
としたとき、いきなり鶴見作之進が刀を抜いた。
鶴見作之進は口許に左手の人差し指を立てた。声を押さえ、藤右衛門は鶴見作之進
の行動を見守った。
天井を確かめるようにゆっくり移動する。そして、床の間近くに来たとき、いきな
り剣を天井に突き刺した。
剣先から血が垂れて来た。鶴見作之進は庭に飛び出した。
「誰か。泥棒だ」
藤右衛門は奉公人を呼んだ。
やがて、屋根の上に黒い人影が浮かんだ。

「店のまわりを固めろ」

藤右衛門は怒鳴った。

「今の話、聞かれたでしょうか」

藤右衛門は不安げにきいた。

「いや。気配がしたのはちょっと前だ。聞かれてはいまい」

峰吉が駆け込んで来た。

「旦那さま。逃げられました」

「そうか。いったい何者でしょうか」

単なる盗人か。それとも矢内栄次郎の手の者か。あるいは、江藤新左衛門が様子を探りにこさせたということも考えられる。

いずれにしろ、誘き出す場所を変えたほうがいい。藤右衛門はそう思った。

「手か足に傷を負っているはずだ。だが、傷はそう深くはなさそうだ」

刀の刃に滲んだ血を見て、鶴見作之進は相手の怪我の程度を想像した。

三

出掛けに母の様子を覗くと、母は仏壇の前に座っていた。その背中がひとまわり小さくなったような気がする。

声をかけずに、そのまま栄次郎は屋敷を出た。

お秋の家に行き、昼過ぎまで待ったが、新八はまだやって来なかった。

ゆうべは『麗香堂』に忍び込むと言っていたのだ。何か、間違いでもあったのではないか。

落ち着かなかった。窓を開け、手すりにつかまり、大川に目をやる。波の色も冷えとし、土手の草木も枯れはじめ、青い空にもどことなく寂しさが感じられた。冬めいてきたばかりでなく、栄次郎の心にはそう映るのだろう。

梯子段を上がって来る音がした。あれはお秋の足音だ。

「栄次郎さん、お客さんですよ」

「客？」

新八なら上がって来るはずだ。

階下に行くと、見覚えのない手代ふうの男が待っていた。

「矢内栄次郎だが」

「私は田原町の『伊勢屋』という小間物商の手代で仙吉《せんきち》と申します。じつは、お篠さまというお腰元から言《こと》づかって参りました」

「なに、お篠？」

「はい。すべてをお話しするので、これから橋場の妙亀塚まで来ていただきたいとのことです」

「お篠どのとはどういう関係だ？」

「さっき、ふらりと入って参りまして、頼まれました。詳しいことは存じません。では、どうぞ、よろしくお願いいたします」

仙吉は引き上げて行った。ほんとうに頼まれただけのようだ。

「栄次郎さん。行くんですか」

「ええ。行かなければなりません」

罠かもしれないと思った。だが、このままじっとしていても何も変わらないのだ。栄次郎は事実が知りたいのだ。

二階へ行き、差料《さしりよう》を持ち、栄次郎は梯子段を下りた。

「お秋さん。もし、新八さんがやって来たら妙亀塚に行ったと伝えてください」

栄次郎は蔵前通りを駒形から吾妻橋の袂に出て、花川戸、今戸と急ぎ、寺々の間の道を通って浅茅《あさじ》ケ原にやって来た。

こんもりとした丘が妙亀塚だ。傍に鏡ケ池がある。

謡曲『隅田川』で有名な梅若伝説の物語で、人買いに連れられた梅若丸が、捨てられて死んだのが対岸の向島で木母寺《もくぼじ》に梅若塚がある。ここは、梅若のあとを追って来た母親が、浅茅ケ原に辿り着き、鏡ケ池に我が身を写すと梅若の姿が現れ、そのまま池に飛び込んだという伝説がある。

栄次郎は妙亀塚の麓に立った。

冷たい風が浅茅ケ原を吹き抜けて来る。陽が翳ると、肌寒い。栄次郎は注意深く、辺りを見回す。

草むらの中に刺客が潜んでいるのかもしれない。だが、栄次郎には出生の秘密、そして自分が何のために襲われなければならないのか、それを知ることが大事だった。

四半刻（三十分）ほど待たされて、ようやく御高祖頭巾の女が現れた。

「お篠どの？」

顔が違うように思えたが、あのときと同じ香りが漂って来た。

「はい。どうぞ、こちらに」

お篠は硬い声で言う。

栄次郎はお篠のあとにしたがった。

「すべてお話しくださるのですね」

「はい。お話しいたします」

お篠は池をまわり、青みの薄くなった草むらに入って行った。すると、一本松の立っているのが見えて、その周囲は芒《すすき》が風にざわついていた。

いつぞや大和屋で見かけた女とどこか違う。

「あなたはお篠どのではありませんね」

女が立ち止まった。

「あなたは誰なんですか。私をここに誘き出せと、どなたかに命じられたのですか」

栄次郎は女の前にまわった。

「私はただ頼まれて」

「誰ですか。誰に頼まれたのですか」

「俺だ」

芒の陰から覆面で顔を隠した着流しの侍が現れた。

「矢内栄次郎。ここなら誰も邪魔する者はいない。きょうこそ、決着をつけようぞ」

いつの間にか女は逃げ出し、冬の気配の濃い浅茅ケ原に、黒覆面の侍と栄次郎だけになった。

「やはり、あなたは何者かに頼まれたのですね」

「最初はそうだが、今は違う。そなたと立ち合いたいだけだ」

「ならば、面《おもて》を覆っているものを外し、顔を晒したらいかがですか。それに、名乗ってください」

「いかにも」

相手は覆面をとった。

鼻筋の通った目許《めもと》の涼しい三十前後の顔が現れた。

「名は？」

「名乗るほどの名を持ち合わせていない」

相手は剣を抜いた。ゆったりした姿勢で正眼に構える。まるで巨大な蛇が眉間を狙っているように、切っ先が栄次郎の目をとらえている。

栄次郎はすぐに居合腰に入らず、両手を下げて自然体で立った。風の音、芒のざわめき。だが、それもやがて栄次郎の耳に入らなくなった。

間合いが詰まる。徐々に心気が高まってきた。切っ先が届く間に入った。栄次郎の心の目に相手が前に踏み出し、剣が流れるように上段から振り下ろされるのが見えた。

栄次郎は素早く腰を落とし、左手で鯉口を切り、剣を抜いた。横一文字に薙《な》いだ剣は相手の腹部を襲い、相手の剣は栄次郎の左腕に迫った。

栄次郎は手首を返し、素早く袈裟懸けにいった。まさに、切っ先が相手の肩に迫ったとき、栄次郎は寸前で剣を止め、後退《あとじさ》った。

またしても、なぜだ。栄次郎は不可解だった。

「なぜだ?」

栄次郎は声を発した。

「あなたはわざと斬られようとしている。なぜだ?」

相手は顔色を変えた。

「やはり、見抜かれていたのか」

「この前もそうだった」

相手は剣を持つ手をだらりと下げた。

「俺もまだ未熟だ。悟られるとは」

自嘲ぎみに呟き、相手はさっと顔を上げた。

「俺はずっと死に場所を求めてきたのかもしれない。はじめは頼まれてそなたを斬るつもりだった。ところが、そなたとはじめて立ち合ったとき、これで死ねると思った。そういう相手に巡り会えたのだと思った」

「なぜ、ですか。なぜ、そんなばかなことを考えたのですか」

「苦しみ多い浮世だ。この六年、常に罪の意識に苛《さいな》まれてきた」

「六年？」

栄次郎は何かが頭の中で弾《はじ》けたようになった。

「もしや、あなたは鶴見作之進さまでは？」

「どうして、俺の名を？」

「あなたを探して、吉松どのが江戸に来ております」

「そうか。そなたは吉松と……」

鶴見作之進は目を瞑《つむ》った。

「よかった。鶴見さま。吉松に会ってやってください。今、吉松は」

「待て」

鋭い声で、鶴見作之進は栄次郎を制した。

「どうやら囲まれたようだ」

はっとして周囲を窺うと、芒の中から殺気が漂っていた。

やがて、芒の中から黒覆面の武士が湧いて出るように現れた。十人いる。

「栄次郎どのはそっちの五人を。俺はこっちの五人を相手にする」

黒覆面はいっせいに剣を抜いて迫って来た。

木下川村や日暮里で襲って来た連中ではない。はるかに腕は上だ。

鶴見作之進は剣を正眼に構え、踏み込んで来た相手の剣を払い、胴斬りにいった。

だが、相手は素早く逃れ、二番手の者が鶴見作之進に襲いかかった。

栄次郎は鯉口を切り、右手で柄を摑んだ。

「容赦はしない。斬る」

栄次郎の鋭い声が風に震えた。

剽悍《ひょうかん》そうな男が八相に構えて飛び込んで来た。栄次郎は居合腰から伸び上がるように剣を抜いた。相手の剣を弾いたあと、すぐに手首を返し、袈裟懸けに相手を襲う。

栄次郎の凄まじい気迫の前に、敏捷な男も避けきれずに肩から血を流して倒れた。

が、息をつかせずに別の攻撃が背後から襲って来た。栄次郎は振り向きざまに腰を落とし、横一文字に剣を薙いだ。凄まじい悲鳴と共に第二の襲撃者が倒れた。

そこで、栄次郎は剣を鞘に納め、居合腰で、相手と向き合った。不用意に仕掛けられないと悟ったのか、剣を肩に担ぐように構えた三人が徐々に迫って来た。

栄次郎は鯉口を切る。ひとりが気合もろとも上段から斬り下ろしてきた。栄次郎の剣が鞘走った。

見事に相手の腹部を斬り、さらに栄次郎は右に体を開き、そこにいた相手の胸元に踏み込んで、下から剣を突き上げるようにして相手の胸に突き刺した。

栄次郎の周りで四人の武士がのたうちまわっていた。

鶴見作之進はと見ると、同じように四人を打ち倒し、悠然と最後のひとりに向かって剣を構えていた。

そのとき、芒の中から体の大きな男が現れた。やはり覆面で顔を覆っているが、今までの連中とは違う威圧感があった。

その男が近づいて来ると、残っていたふたりがさっと後ろに引いた。

「矢内栄次郎。私が相手だ」

首領格の侍は剣を抜いた。体を半身《はんみ》に、中段の構えをとった。栄次郎は両手を下げ、自然体で対峙する。

相手はまるで無造作とも思える動きで間合いを詰めて来た。栄次郎の右手が刀の柄にかかった。相手は大上段から斬り込んだ。栄次郎は剣を鞘走らせた。だが、次の瞬間、栄次郎の剣は相手に届かず、逆に相手の剣で弾かれ、栄次郎の体がよろめいた。すかさず、そこに相手の剣が襲って来た。

栄次郎は頭上で剣を水平にして相手の剣を受け止めたが、すさまじい力で押さえつけられ、身動き出来なくなった。

栄次郎は危険を感じた。

そのとき、鶴見作之進が飛び込んで来た。相手がさっと離れた。

「栄次郎どの。こいつは並の相手ではない。尾張柳生の相当の遣い手だ」

「尾張柳生?」

相手が鶴見作之進に切っ先を向けた。作之進も正眼に構えた。相手が無造作に前に出る。作之進が一歩後ろに引いた。

栄次郎は作之進の横に立った。相手が作之進に斬りつけたら、栄次郎の居合が相手の胴を狙う。そういう態勢に入った。

相手の動きが止まった。そのまま長い時間が過ぎたように思えた。実際にはほんの短い間だったのかもしれない。

相手が剣を引いた。

「改めて、おぬしとまみえよう」

「尾張藩の者か」

栄次郎は問い質す。

「なぜ、尾張藩は私を殺そうとするのだ」

「早く、ここを立ち去られよ。倒れている者の始末をせねばならぬ。行け」

「面倒なことに巻き込まれたら厄介だ。引き上げましょう」

鶴見作之進が剣を鞘に納めて言った。

鏡ケ池まで戻ったとき、向こうから新八がやって来るのに出会った。

「あっ、おまえは？」

鶴見作之進の顔を見て、新八がのけぞるように驚いた。

「新八さん。鶴見どのをご存じなのですか」

「知っているも何も、『麗香堂』の離れ座敷で、栄次郎さんを殺す算段をしていたんですぜ」

「そうか。あのときの賊か」

鶴見作之進が目を細めて新八を見つめた。

「へえ。腕をやられて治療に手間取り、お秋さんの家に駆けつけたときにはすでに栄次郎さんは出たあとだった。寺島村に誘き出すという話だったのに、妙亀塚へ行ったというので、半信半疑でやって来たってわけです」

「この者の言うとおりだ。俺におぬしを斬れと頼んだのは麗香堂藤右衛門だ。だが、藤右衛門が誰に頼まれたのかは知らぬ」

「やはり、あの『麗香堂』の主人でしたか」

新八は栄次郎と鶴見作之進の顔を不思議そうに見てから、

「まさか、吉松の父親が栄次郎さんを狙っている男だったとは」

と、呆れたように言う。

「新八さん。お願いがあります。この先に、我々を襲った者たちが倒れています。その者たちを引き取りにひとがかけつけて来ると思います。どこに連れて行くかつけてもらえませんか」

「わかりました」

そう言ったあとで、新八は鶴見作之進に目をやった。

「鶴見どののことは心配いりません」

「そうですかえ。じゃあ」

新八は草むらに身を隠すようにして走って行った。

半刻(一時間)後、栄次郎は鶴見作之進とお秋の家で向かい合っていた。

吉松が新内語りの春蝶に連れられて、江戸にやって来たことを話し、

「神崎道場をやめられたと聞き、深川界隈の口入れ屋を探し、ようやく居所がわかって長屋に行ってみると、一日違いで長屋を払ったあとでした」

鶴見作之進は俯いて聞いている。

「それから、火消の『ほ』組の連中が手分けして、江戸中を探し回ったんです。それでも、鶴見さんの行方はわかりませんでした」

「私を探しているのは知っていた」

「えっ、知っていたんですか」

「『麗香堂』の離れに移って、しばらくしてから町に出たとき、そんな話を耳にしたのだ」

「じゃあ、吉松が探しているのも?」

「聞いた」

「では、なぜ、隠れたりなさったんですか」

「吉松は私のことを父親だと思っているのか」

「母親から、おまえの父上は立派な御方なのだ。そういう御方の子だから誇りを持って生きろと、諭されていたようです」

鶴見作之進は膝に置いた手を握りしめた。そして、苦しそうに顔を歪め、

「違う。違うのだ」

と、呻くように言った。

「鶴見どの。いったい、お国のほうで何があったのですか」

鶴見作之進は目を閉じてじっとしていた。

息苦しくなって栄次郎は窓を開けた。冷たい風がさっと入って来た。対岸の本所側が西陽を受けて広く光っていた。

渡し船が、川の真ん中からだいぶ向こう岸に近づいていた。船宿からも船が大川を下って行った。

栄次郎は窓の障子を閉めて元の場所に戻った。

それを待っていたように、鶴見作之進は顔を上げた。

「私は西国のある小さな藩の下級武士でした」

鶴見作之進は武士らしい矜持《きょうじ》を保ちながら、丁寧な言葉づかいで話しはじめた。

「権力者である国家老に私と同い年の伜がおりました。身分の差は天と地ほどにありましたが、同じ道場に通っておりました。その息子は父親の権威を笠に着てのやりたいほうだい。道場でも弱い者いじめをする。町家の娘どころか、他人の女房をもかたっぱしから犯すなど、見るに見かねる乱暴狼藉のし放題。その伜に泣かされた者は数知れなかった。だが、家老の伜ということで皆泣き寝入りするしかなかったのです。もし、悪行を訴えれば、逆に捕まって牢屋に入れられてしまうというでたらめぶり」

鶴見作之進は苦い記憶を蘇らせたように、頬を微かに震わせ、

「その家老の伜といつもつるんでいた男に、北島文太郎《きたじまぶんたろう》という者がおりました。この者は私と幼馴染みでした。ですが、家老の伜といっしょになっての悪行三昧《ざんまい》。当時、私にはおもとという許嫁《いいなずけ》がおりました。ところが、北島文太郎がおもとに目をつけ、家老の伜の威を笠に着て、私からおもとを奪ったのです」

栄次郎は痛ましげに頷いた。

「道場の弟子の中で、心ある者が何人か集まって、あのふたりを斬るべきだと相談しておりました。だが、そんなことをしたら関わった者の御家は取り潰《や》されてしまいます。このままでは皆が不幸になる。私は自分ひとりでふたりを殺る決心をしたのです。幸い、私は二親《ふたおや》に死に別れ、兄弟もありません。叔父に迷惑がかかるのが心配でした

が、我が家が潰されても泣く人間もおりませぬ」

ぐっと唇を嚙んだのは、許嫁のおもとのことを思い出したのだろう。

「ある夜、料亭から遊んで帰るふたりの前に立ちはだかり、私はふたりに悪事の糾弾を行ったのです。だが、反省の色も見せないふたりに、止むを得ないと覚悟を決め、ふたりを一刀両断の下に斬り捨て、斬奸状《ざんかんじょう》を死体の傍に置いて、その夜のうちに藩を逃走しました」

鶴見作之進は息継ぎをし、

「江戸に出てからも、追手がきょう来るか明日来るか、そんな落ち着かぬ毎日を過ごしておりました。一年ほどして、神崎先生に拾われ、神崎道場で剣術の指南をはじめ、いつしか師範代までになっておりました。ところが、この春、国許の道場でいっしょだった者と、ばったり出くわしてしまいました。その後は、ご存じのとおりです」

事情はわかったが、吉松のことが出て来なかった。そのことを言うと、

「吉松は私の子ではありません」

「えっ。鶴見どのの子ではないのですか」

栄次郎は覚えず声を高めた。

「吉松は北島文太郎とおもとさんの間に生まれた子です。吉松にとっては、私は父の

仇になるのです」

「そんなばかな。だったら、なぜ吉松の母親はあんなことを……」

「私、わかるような気がします」

障子が開いて、お秋が入って来た。

「すみません。お茶を持って来たら、お話中だったので、入れずにそのまま聞いてお りました。でも、今のお話、私にはよくわかります」

「お秋さん、どういうことですか」

「おもとさんは、鶴見さまのことが好きだったのでございますよ。北島なんとかとい うひとのご新造になったとしても、心は鶴見さまを慕っていたのでしょう。それだけ でなく、北島なんとかより、鶴見さまのほうが人物も大きくて立派。だから、吉松に は父親は鶴見さまだと話したのだと思います」

鶴見作之進は膝に置いた手を握りしめて、目を閉じた。

「そうです。お秋さんの言うとおりです。おもとさんや吉松は、鶴見どののことを親 の仇だとは思っていないのですよ」

「でも……」

お秋が表情を曇らせた。

「吉松になんて話したらいいのかしら。鶴見作之進というひとは、吉松の父上ではなかったと言わなきゃならないなんて。そう思うと、おもとさんは、なんと残酷なことを吉松に話したのでしょうか」

ふいに鶴見作之進が立ち上がった。

「鶴見どの。どこへ」

「藤右衛門のところだ」

「ここに、必ずここに戻って来てください」

栄次郎は訴えた。

鶴見作之進は黙って頷いた。

父上は見つからなかった。吉松にはそう言うしかないと思った。

四

その夜、藤右衛門は江藤新左衛門からの使いの者を見送って、居間に戻った。

襲撃は失敗したという。もし藤右衛門のところに、矢内栄次郎が乗り込んで来たら、尾張家の名前を出してもよいとのことだった。

江藤新左衛門は栄次郎を殺ることを諦めたということなのだろう。それは、とりもなおさず尾張藩御用達の件を諦めなければならないということだ。明日、妹のお吉の家に来てくれという言づけは、そのことを告げるためなのだろうか。

だが、襲撃が失敗したために、鶴見作之進も無事だったことに、どこかほっとしたものがあった。

鶴見作之進を殺したくはなかったのだ。しかし、帰って来るだろうか。そんなことを考えていると、峰吉が障子の外から呼びかけた。

「旦那さま。離れに鶴見さまがお戻りです。旦那さまを呼んで来いと仰っておいでです」

「わかった。ごくろう」

藤右衛門は居間を出た。

庭下駄を履き、庭石を伝わって離れに行った。

「鶴見さま。藤右衛門にございます」

「入れ」

藤右衛門は部屋に入った。

鶴見作之進は部屋の真ん中で瞑想をしていた。

「藤右衛門。これを返そう」

鶴見作之進は二十五両を差し出した。

「おぬしとの約束を果たせなかった」

「いえ、これは前金の二十五両。仕事を果たした果たさぬに拘《かか》わらず、あなたさまのものでございます。もちろん、残りのお金は差し上げられませぬが」

「いや。それでは困る」

「鶴見さま。どうぞ、このお金を、帰参のためにお役立てください」

「帰参だと？」

「はい。失礼かと存じましたが、あなたさまのことを神崎道場に行って、聞いて参りました。あのように酒で辛いことを忘れようとしている姿が痛々しく、どうしても知りたかったのでございます」

「そうか。知っていたのか」

「鶴見さま。そのとき、道場主の神崎さまが、あなたを訪ねて国許より使いが来たことを話してくださいました」

「国許からの使い？」

「はい。あなたさまが神崎道場にまだいると思って、やって来たのです。鶴見さま。

ご家老がお亡くなりになったそうにございます」

「なに、ご家老が？」

「はい。病死だそうですが、それによって、ご家老一族の悪事が洗いざらいされ、それにともない、あなたさまがご家老の子息を斬ったことも、評価が一変したそうにございます」

「なんと」

鶴見作之進はきつく目を閉じ、事態を呑み込むことに混乱を来《きた》したかのように、首を横に振った。

「北島文太郎の父親も、長年にわたり、ご家老に与《くみ》した罪により、切腹。北島家はお取潰しになったそうにございます」

藤右衛門はここぞとばかりに、

「どうぞご帰参なさいませ。これまでのご苦労が報われるときが参ったのですぞ」

と、強く勧めた。

やがて、鶴見作之進は畳に両手をつき、

「藤右衛門どの。かたじけない」

「なにを仰いますか。私はただ事実を申し上げているだけでございます」

なぜ、こうまでこの浪人に肩入れをするのか、自分でもよくわからない。以前にも考えたことだが、翳のようなものに引かれたのだ。いや。決して翳ではない。武士としての誇りを失っていない意気地のようなものに、惚れたのかもしれなかった。

「聞くところによれば、ご子息が江戸まで探しに来たというではありませぬか。国にお帰りなさいませ。ご子息とふたりで」

「とりあえず、明日にでも江戸藩邸を訪ねてみます」

鶴見作之進の目に、ようやく命の火が燃えて来るのを藤右衛門は見た。

「鶴見さま。その前に、その御髪、それと衣服を改めたほうがよいかと思います。失礼ですが、私のほうで手配させていただきます」


翌日の夕方、藤右衛門は三十間堀六丁目の妹のお吉の家に行った。正確には、尾張藩の用人江藤新左衛門の妾宅である。

藤右衛門が家を出るときには、朝から出かけていた鶴見作之進は、まだ帰っていなかった。江戸藩邸でだいぶ時間をとられているようだ。

格子戸を開けて中に入る。すぐに女中が出て来た。

「お待ちかねでございます」

藤右衛門が居間に入って行くと、すでに江藤新左衛門が長火鉢の前で煙草を吸っていた。江藤新左衛門もめっきり白髪が多くなったような印象だった。

「江藤さま。申し訳ありませぬ」

藤右衛門が雇い入れた鶴見作之進をして栄次郎暗殺に失敗したのである。そのことだけでも詫びなければならなかった。

「もう済んだことだ」

意外なことに、江藤新左衛門は他人事のように言った。

「この先、どうなるのでございましょうか」

だが、新左衛門から返事がない。

その目は虚ろに畳の一点に向けられている。

「江藤さま」

はっとしたように新左衛門は顔を戻した。

「矢内栄次郎に、江藤さまのお名を出してよいとのことでございましたが、それは真《まこと》でございましょうか」

「よい。そなたに命じたのはわしだと言うのだ。よいな」

妙だと思ったが、藤右衛門は畏《かしこ》まりましたと応じた。

急に、江藤新左衛門が元気のよい声を出した。

「藤右衛門。お吉と三人できょうは呑もうぞ。おぬしの慰労をせねばなるまいからな。おい、お吉。支度はよいか」

隣りの間に酒膳が用意されていた。

そこに移った。女中が酒を運んで来た。

「さあ、藤右衛門」

新左衛門が銚子をつまんだ。藤右衛門は盃を持ってにじり寄った。新左衛門がじきじきに酌をしてくれることははじめてだった。

「そなたにはすまない。藩御用達にしてやれなくて。だが、わしが世話しなくとも、そなたなら必ず叶う」

「ありがとうございます。そのようなことより、江藤さまのお役に立てずに、ただ申し訳ない気持ちでいっぱいでございます」

「いや。そなたはよくやってくれた。礼を申す。このとおりだ」

新左衛門は居住まいを正して腰を折った。

「江藤さま。おやめください」

「よし」

　このとき、新左衛門の様子がいつもと違うことを感じた。

「もしや、江藤さま」

「そうだ、藤右衛門」

　新左衛門の声が藤右衛門の声を遮《さえぎ》った。

「市ヶ谷に手頃な空き家があるのだ。どうだ、そこにも『麗香堂』を出さないか。わしが口利きをしてやろう」

「市ヶ谷にでございますか」

「そうだ。されば、各大名のお女中衆の客も増えるだろう。そうすれば、尾張藩以外の大名家の奥向きにも出入りが叶うようになる。どうだ、やってみないか」

「願ってもないお話でございます」

「よし、さっそく手を打とう。お吉」

　新左衛門はお吉に声をかけた。

「そなたもせっかくの踊りの腕前をそのままにしておいては惜しい。どうだ。踊りの稽古場を作り、踊りを教えたらどうだ」

「旦那」

　お吉も戸惑いを見せた。

江藤新左衛門は、このたびの件で、ひとり責任をとって腹を切るつもりではないか。ひそかに別れを告げているのだ。

「確か、この近くに空いた家があったはず。あそこを買い取り、舞台を造って稽古場にしたらどうだ」

「旦那。それはうれしゅうございます。でも、旦那。なぜ、そんな話を」

お吉も気がついているのだ。

「なあに、そちたち兄妹に日頃の礼がしたいのよ」

新左衛門はにこやかに笑った。

藤右衛門はたまらず、

「江藤さまはおひとりで責任を……」

と、身を乗り出した。

「藤右衛門。言うな。きょうは呑もうぞ。何もかも忘れて」

やはり、そうなのだと、藤右衛門は胸に迫って来るものがあった。これは江藤新左衛門との別れの宴なのだ。

お吉が目尻を拭った。

「お吉。さあ、おまえも呑め」

「はい」

お吉はつらそうな表情で盃を手にした。

それからの新左衛門は饒舌で楽しそうだった。お吉も藤右衛門も笑い、座は盛り上がった。だが、ときおり、行灯の明かりが新左衛門の苦悩を映し出していた。

鶴見作之進は再び生きる気力を蘇らせた。が、逆に今度は江藤新左衛門が死出の旅に出ようとしている。

藤右衛門は心で泣いていた。何も出来ない自分が悔しかった。

五

翌日。出掛けに、栄次郎は母に呼ばれた。

部屋に行くと、母は端然と座って、栄次郎を待っていた。

「栄次郎。明日、お会いしたいと、あの御方から使いが参りました。よろしいですね」

母はいつものふくよかな顔に戻っていた。目に寂しげな色が浮かんでいるが、ついこの前までのような憔悴した姿ではなかった。

栄次郎のことで心の整理がついたのだろうか。

「わかりました。母上、あの御方は……」

よほど岩井文兵衛の名を出してみようと思ったが、栄次郎はその必要はないと思った。明日になれば、あの御方の口からすべてが明かされる。そう思ったのだ。

「栄次郎。もう、よいですよ」

母は優しい眼差しを向けた。

栄次郎は一礼して引き下がった。

すべては明日だ。明日、出生の秘密が明らかになる。

屋敷を出てからいつもの道を辿って、栄次郎がお秋の家の前にやって来たとき、家の脇に腰元ふうの女が立っているのに気づいた。

栄次郎と目が合うと、女は深々と頭を下げた。

「お篠でございます」

鬢付油の甘い香りがする。『宵待香』だ。

「まさしく、お篠どの。どうしてここに？」

「お願いの儀があり、お待ち申しておりました」

またしても何かの罠が仕掛けられたのかと思ったが、お篠がわざわざここまで出向

いて来た真意を探りながら、

「家に入りませんか」

と、誘ってみた。

すると、お篠は素直に応じた。

「お秋さん。お客さんです」

土間に入って、栄次郎は奥に向かって呼びかけた。

お秋が目を丸くして、お篠の顔を見た。

栄次郎はお篠を二階の小部屋に招き入れた。

お篠は硬い表情で俯いている。

お秋が茶を運んで来た。お篠は軽く会釈をした。

お秋が去ってから、お篠は思い詰めた顔を上げた。

「私は尾張家のお屋敷に勤めおります」

「やはり、尾張藩か」

「はい。今、尾張藩のご当主さまは徳川宗睦《むねちか》さまでございます。ところが、宗睦さまには跡継ぎがございません。そこで、ご養子を貰うことになったのでございます。そして、その養子には、一橋さまからいただくことになりました」

お篠は声をひそめて続けた。

「西の丸さま、大御所の治済さまに、治国《はるくに》さまと仰るご子息がございましたが、その治国さまの子、斉朝《さだとも》さまに尾張家を継がせることになったのでございます。これは大御所の治済さまのお考えでございました。ところが、大御所の治済さまが急に気持をお変えになりました」

「変えた？」

そのことで、何か混乱が生じたのだと、栄次郎は納得した。

「治済さまは、まだ一橋家の当主だった頃、いえ、三代目に代を譲る一年ほど前のことになりますが、旅芸人だった女に産ませた子がおりました」

明日になればあの御方の口からすべてが語られると思っていたが、それより早く、お篠の口から栄次郎の出生の秘密が明かされようとしていた。

「もうおわかりのことかと存じます。栄次郎さまこそ、その子なのでございます」

栄次郎は現将軍家斉の実父、大御所の治済が、旅芸人の女に産ませた子だと言う。

「他人事でしかない」

栄次郎はぽつりと言う。俄《にわか》には信じかねた。

「ごもっともでございます。その子は近習番の矢内家の子として育て、その養育のために治済さまから月々手当てを与えていたそうにございます」

「お篠どの。今の話、私にはとうてい理解出来ないことだ」

「ですが、これは紛れもない事実でございます。本来であれば、このまま何事もなく、済んだことでありましょう。ところが、治済さまにある変化が起きました」

大御所として君臨してきた治済も歳をとり、自分が旅芸人の女に産ませた子が不憫になってきた。この頃、大御所としての威光も衰えてきた。

「自分の目の黒いうちに、その子に会いたい、そしてその子を何とか取り立ててやりたいと思うようになったのでございます」

(嘘だ。それが自分であるはずはない)

栄次郎はそう思いながら、お篠の話を聞いた。

「そして、思い浮かんだのは尾張家徳川宗睦さまのご養子の件でした。治国さまの子の斉朝さまで話を進めてきましたが、ここにきて突如、旅芸人の子である栄次郎さまが浮上して来たのです」

「ばかな」

栄次郎は吐き捨てた。

「私はそのような子ではない」

「でも、皆はそう思っております。治済さまは、栄次郎さまの器量を見極め、それにふさわしい人物であれば、栄次郎さまにする。そういうお考えだそうでございます。まだ、どちらにするかはっきり決めていないご様子。それで、尾張藩で斉朝さまを擁立しようとする一派が、栄次郎さまを抹殺しようとしたのでございます。その首謀者が用人の江藤新左衛門さまでした」

「江藤新左衛門？」

「江藤さまは、旅芸人の産んだ子を藩主として仰《あお》ぐわけにはいかないと反発し、栄次郎さまをを討つべしと、号令を発したのでございます」

「なんということだ。そのために対立が」

栄次郎には信じがたい話であった。

大御所の治済は最近になって、旅芸人の女に産ませた子が不憫になり、一橋家の養子にした上で、改めて徳川尾張家に養子に出し、ゆくゆくは尾張家の後継者にさせようとした。だが、それを察した尾張家のほうで、その子を抹殺すべく刺客を放った。旅芸人の卑しい女が産んだ子が、尾張家に入り込むのを阻止しようとしたのだ。

そういったことは考えられない話ではない。だが、治済と旅芸人の子が自分であるとはとうてい受け入れることは出来ない。

だが、お篠の話は、栄次郎に降りかかった諸々の出来事と、見事に符合していることは疑いようもなかった。

「私は追われる振りをして栄次郎さまに近づき、印籠を渡しました。栄次郎さまを斬るほんとうの目的を隠すためです。あくまでも、栄次郎さまは何らかの事件に巻き込まれて死んだことにする必要があったからです。それも、木下川村、日暮里と続けて失敗してしまいました。そして」

その後のことは、栄次郎もある程度わかっている。

あの御方が尾張藩の動きを察し、強く抗議をしたのであろう。そのために、尾張藩は不用意に動けなくなり、麗香堂藤右衛門に腕の立つ浪人を探させたのだ。それが鶴見作之進だった。

その一方で、尾張藩は国許より尾張柳生流の達人を呼び寄せ、先日の浅茅ケ原での襲撃となったのだ。

「これらのことを差配してきたのは、すべて江藤新左衛門さまでございます。すべて、このたびのことは、江藤新左衛門さまが、独断でなされたことでございます」

「独断で。用人が独断で、そのようなことが出来るのですか。まさか、江藤どのは責任を一身に背負うとしているのではないのですか」

お篠が急に畳に手をついた。

「栄次郎さま。どうか、江藤さまのお気持ちをお汲みくださいませ。江藤さまは、私ひとつの腹ですべてを収めていただきたいと」

「ばかな。江藤どのは切腹するつもりなのか。もしや、すでに」

「はい。今朝方、お屋敷にて」

お篠は畳に突っ伏した。

「なぜ、そのような真似を」

栄次郎は無性に怒りが込み上げてきた。

「それより、そなたはなぜ、私にそのようなことを頼みに来たのだ?」

「もはや、尾張家徳川宗睦さまのご養子は、栄次郎さまに決まったも同然でございます。この上は、尾張藩が二つに割れるのを避けるためにも、栄次郎さまには寛大なご処置を願いたいという思いでございました」

「皆、ばかだ。私の気持ちを考えずに勝手に……」

栄次郎は怒りのやり場に困った。

このようなことのためにひとの命が奪われた。そのことが無性にくやしかった。

「お篠どの。江藤どののご霊前にお伝えください。栄次郎はあくまでも矢内栄次郎であり、それ以外の何者でもないと。ですから、栄次郎が尾張家に養子に入るなどとはまったくあり得ないことであると」

「栄次郎さま」

お篠は驚きの表情で、

「尾張六十二万石の城主になることが出来るのでございます。それをあっさり捨てると仰られるのですか」

二百石の御家人の次男坊。恵まれた養子先などめったにないご時世において、いきなり尾張六十二万石の城主へと出世する。誰もが、飛びつくと思うのであろう。

「お篠どの。あなたは確か、札差大和屋の屋敷内の舞台で行われた舞踊をご覧になったはず」

「はい。栄次郎さまが出演なさると耳にし、こっそり見に行きました」

「やはり、お篠どのでしたか」

栄次郎は頷いてから、

「それでおわかりかと思いますが、私は三味線の世界で生きていこうと思っています。尾張家だの、一橋家だの、なんの関わりもありません」

「栄次郎さま」

「このことは、あなたの同志の方にお話しになっても結構です。私は天地がひっくり返ろうとも尾張家へ養子に入ることはありませぬ」

「栄次郎さま」

何か言いたげに口を開いたが、お篠から次の言葉はなかった。

「でも、教えていただきかたじけなく思っています。礼を言います」

「とんでもございません」

立ち上がる気力がないように、お篠はしばらく虚ろな目をしていた。

それにしても、大御所の治済の気まぐれには怒りを押さえきれない。

翌日、いつもの寺の庫裏で、あの御方、いや今は岩井文兵衛という名を知っている。

岩井文兵衛は静かに入って来て、床の間に腰を下ろした。

「栄次郎。長い間、そなたを苦しめて申し訳なかった。きょうは晴れて、そなたに伝えるべきことがある」

「その前に、御前は一橋家二代目の治済さまの時代、一橋家の用人をなさっていた岩井さま、今は隠居して名を変え、岩井文兵衛さま。そのことに間違いないでしょうか」

岩井文兵衛は眉根を寄せたが、やがて口許に笑みを作った。

「さようでございます」

いきなり、岩井文兵衛は座布団から下り、畳に手をついた。

「栄次郎さま。これまでの数々のご無礼、お許しください。ただ今、改めて栄次郎さまの出生についてお話し申し上げます」

栄次郎は戸惑いながら岩井文兵衛の言葉を待った。

「栄次郎さまは大御所治済さまが、まだ一橋家の当主であられた頃に旅芸人の胡蝶《こちょう》という娘に産ませた子であります」

「胡蝶……」

はじめて母の名を聞いた。

「はい。それは美しい娘でした。身籠もった胡蝶は、当時ご近習番を務められていた矢内どののお屋敷に引き取られ、そこで無事に栄次郎さまをご出産になられました」

「なんと。あの屋敷で私は産まれたのか」

そのとき、矢内の父と母は、その子を我が子とすることを予想していたのだろうか。

「身分の差はいかんともしがたかったのです。もし、相手が町人の娘であったのなら、どこか一軒家を借りて、そこで手伝いの者をつけて産んだのかもしれません。でも、旅芸人の女への蔑《さげす》みがございまして、そのようにするしかなかったのでございます。胡蝶という娘は、栄次郎さまを産んだあと、いずこかに去って行きました」

「母上……」

はじめて母への恋慕の気持ちが湧いてきた。

「母上は私を捨てて行ったのですか」

「いえ。泣きながら出て行かれました。治済さまはそれなりの金子を与えようとしましたが、この子のために使ってくれと、矢内どのに預けて去って行ったよしにございます」

栄次郎の胸が詰まった。

「栄次郎さまは、そのまま矢内の家の子として育てられました。ご存じかと思いますが、月々の手当てが治済さまから矢内家に届けられております」

栄次郎は頷いた。

「ところが、今年になって、治済さまは胡蝶の夢を見たそうにございます。夢で、胡蝶が栄次郎を頼みますと、訴えになったそうです。それから、治済さまはこう仰られたのです。もし、栄次郎に器量があるのなら、どこぞに取り立ててやりたいと。やはり、二百石の御家人の部屋住でいることを不憫に思われたようで」

「とんでもない。私は今の暮らしに満足をしていた。あなたが、現れさえしなければ」

「申し訳ございません。私は治済さまから頼まれ、栄次郎さまの器量を見極めるようにと言いつかったのでございます」

「まさか、矢内の母上は、私にそのような話が出ているとは知らずに、あなたと会う段取りをつけたのですね」

「申し訳ないことをしたと思います。なにぶん、ことは秘密を要しましたので」

「すでに、尾張家には斉朝どのを養子に出すという話になっていたからですね」

「さようでございます。治済さまは一度決めたことを翻《ひるがえ》そうとしているのですから、迂闊には公《おおやけ》に出来ませんでした」

「あなたは私と会っていてどう思ったのですか。尾張家を背負って立つには器量が小さ過ぎるとは思わなかったのですか」

「いえ。反対です。この御方なら尾張六十二万石を背負って立っていけると踏み、治済さまにご報告をいたしました。その話が尾張家に漏れてしまいましたが、まさか、反対する勢力が、あんな真似をするとは想像もしていませんでした」

栄次郎を亡き者にしようとしたことだ。

「しかし、私は貧乏御家人の子。それがいきなり尾張家の養子になど無理があるのではありませんか」

「いえ。まず一橋家の養子に入り、一橋家の人間として尾張家へ行くということになります」

「いえ。私は行きません」

「えっ？」

「私は尾張家へ養子に行きません」

「なんと」

岩井文兵衛は膝を進め、

「なぜでございますか。尾張六十二万石に不足があるとでも仰るのですか」

「私はそんな暮らしを望んでいない。それに、私は三味線弾きになりたいのです」

「栄次郎さま」

悲鳴のような切羽詰まった声で、岩井文兵衛が、

「どうぞ、一度、お父上にお会いくださ い。会って、お父上の気持ちに触れてください」

「いえ。会う必要はありません」

栄次郎はきっぱりと言ったあとで、

「尾張藩用人の江藤新左衛門が、切腹して果てたそうですね」

「はい。今回の責任をひとりで背負って亡くなっていきました。遺書にも、このたびの罪はそれがしひとりにてと認《したた》めてありました。栄次郎さま、先程から尾張藩の反対派と申しておりますが、栄次郎さまを最初に襲った連中の中には、斉朝さまに連なる者もいたのでございます」

「そうでしたか」

やはり、一橋家の人間にも、旅芸人の子の栄次郎を快く思わぬ者もいたのだ。栄次郎が産まれたときはなおさら風当たりが強かったのであろう。

治済は、栄次郎のことを公に出来ず、栄次郎は最初から矢内家で養うことに決まっていたのだろう。

不思議だった。あれほど父親のことを気にしていたのに、今父親が治済だとわかっても、何の感動も覚えなかった。

それより、母のことだ。胡蝶と呼ばれた母は、今どこにいるのか。

「母上はどこにいるかご存じではないのですか」

「知っています」

「どこですか」

「川崎宿の『梅の家』という旅籠の内儀に納まっておりました」

「母は幸せなのでしょうか」

「子どもがふたりいるそうです。旅籠も繁盛しているそうでございます」

「そうですか」

「栄次郎さま。どうぞ、治済さま、いえ、お父上さまにお会いくださいませぬか」

栄次郎は首を横に振った。

「いや、会っても仕方ありません。会えば、怒りをぶつけたくなります。いえ、私を捨てたことに対してではありませぬ。今回のことです。自分のひとりよがりの考えで、今回のような騒動を起こしたことについてです。今度のことで一番可哀そうな思いをしたのは斉朝さまではありませんか。尾張家への養子が決まりかけていたのを、よけいなことを言い出して翻弄《ほんろう》してしまった」

「仰るとおりかもしれません。これも、治済さまがお歳を召された証《あかし》でございましょう。大御所としての威光にも翳が差し、治済さまはすっかり気弱におなりでございます。そんなことから、栄次郎さまのことを思い出されたのでございましょう」

自分の息子を十代将軍家治《いえはる》の養子に出し、やがて十一代将軍家斉《いえなり》が誕生すると、大御所として権勢をほしいままにした。自分の息子や孫を他の田安家、清水家などに養子に出して家を継がせたり、その勢いは止《とど》まることを知らないかのようだった。

だが、その権勢もここに来て衰えを見せている。その最後のあがきのような、栄次郎の取り立てだった。

「栄次郎さま。ことはすでに栄次郎さま擁立で動きはじめてございます。栄次郎さまは今の一橋家ご当主の養子になられ、あらためて尾張徳川宗睦さまのご養子になられるのでございます」

「私はお受けしませぬ。岩井さまよりお伝えください。私は矢内栄次郎であり、それ以外に生きる道を知りませんと」

「栄次郎さま」

「最初のお話のように、斉朝さまを尾張家に養子に出されることが一番だと思います」

「栄次郎さま」

最初に出生の秘密を話してくれれば、すぐに否定した。となれば、その後の襲撃騒ぎはなかったか。いや、そうとばかりは言えない。

栄次郎の存在を知れば、相手が必ず消しにかかっただろう。

武家の世界はくだらないと、改めて思ったものの、そういう世界で生きていかねばならない武士たちに、同情をせざるを得なかった。

「岩井さま。もし、私を説得出来なかったことで腹を切ってお詫びをするとお考えなら、そんなつまらないお考えは捨ててしまってください」

栄次郎は立ち上がった。

「岩井さま。あなたとお座敷で過ごしたときが一番楽しかった」

栄次郎はそう言い残して部屋を出た。

「お待ちくだされ、栄次郎さま」

岩井文兵衛の声を振り切り、栄次郎は寺を飛び出した。

追分まで来たとき、ふと春蝶の顔を思い出した。たまらずに会いたくなって、道を変え、根津権現の裏手を通って千駄木に行った。

長屋の路地に入る。皆、仕事で出払っているのか、ひとの気配もなく静かだった。どぶ板の軋み音が甲高く響いた。

春蝶の家の腰高障子を開けた。

「春蝶さん」

声をかけたが、誰もいなかった。

天窓からの明かりが、僅《わず》かに上がり框の近くに置いてある白いものを浮かび上がらせていた。

土間に足を踏み入れ、それを手にした。文だ。栄次郎さんへ、と書いてあった。

栄次郎は文を開いた。達筆で書かれてある。

栄次郎は二度読んでから文を畳んだ。

（春蝶さん）

結局、春蝶は大師匠の許しを得ることが出来なかったという。山中温泉にいる伜が呼んでいるので、もう一度、山中温泉に行って来る。吉松を父親に会わせてやってくださいと書いてあった。

あの夜の小料理屋で流した春蝶の涙を思い出した。

山中温泉にいる伜が呼んでいる。それは嘘だと思った。そこに行ったのはもう一度、伜に会いたいからではないのか。

栄次郎は切ない気持ちで長屋をあとにした。

不忍池をまわり、池之端から下谷広小路を突っ切る。いよいよ冬を思わせるほどに冷たい風が吹きつけて来る。

大御所治済が我が父であるという。だとすれば栄次郎は十一代将軍家斉の異母兄弟ということになる。

それは絵空事の話のように、実感として迫ってこなかった。そういう雲の上の人間より、やはり栄次郎は旅芸人だったという母に親しみを覚えた。

どんな思いで、栄次郎を置いて去って行ったのか。今は幸せなのか。たまには栄次郎のことを思い出すことがあるのか。

そんなことを考えながら、浅草黒船町にやって来た。お秋の家の前に立ち、俺にはここが一番やすらぐのだと、栄次郎は思った。

土間に入ると、お秋が出て来て、

「鶴見さまが土手で待っていますって」

と、教えた。

「上がってくださいと言ったんですけど。でも、なんだか立派になっちゃって」

「わかりました。ちょっと行って来ます」

栄次郎はお秋の家を出た。

土手に上がり、辺りを見回すと、川べりの草っ原に鶴見作之進の姿があった。だが、袴姿であり、こざっぱりした格好だ。

栄次郎は下りて行った。途中で、鶴見作之進が振り向いた。

「お待たせいたしました」

傍に行き、栄次郎は声をかけた。

「いえ。私のほうこそ呼びつけたりして申し訳ない」

「鶴見どの、そのお姿は？」

「帰参が叶いました」

「ほんとうですか」

家老が死に、家老に連なる者たちの悪事が露見し、皆一掃され、それに伴い、鶴見作之進のことも名誉回復がなったという。

「今月末にも江戸を発つつもりです」

「そうですか。よかったですね。吉松にはなんとかうまく話しておきます」

「そのことですが」

鶴見作之進は言いよどんでから、

「この際、吉松のほんとうの父親になろうかと思います」

「えっ、それはほんとうですか」

「はい。おもとどのの思いが痛いほど伝わってきます。今思えば、家老の威に強要されたとはいえ、きっぱりと断るべきでした。そうしていたら、私はおもとどのと結ばれていた。そう思うと、おもとどのに申し訳ない気持ちになります」

鶴見作之進は、やりきれないように細めた目を大川に向けた。その目は、おもとを思い描いているように思えた。

「おもとどのが吉松の父親を私だと言ったのは、ずっと私を夫として考えていてくれたのかもしれません。そう思えば、吉松が私の子なのです。おもとどのの遺志を継ぎ、吉松の父親になろうと思います」

「鶴見どの」

血の繋がらぬ吉松を、我が子として迎えようと決意した鶴見作之進に、栄次郎は胸を熱くした。

「吉松が喜びます。ありがとうございます」

こんな立派なひとに育てられたら、吉松も幸せだと思った。と、同時に、栄次郎は矢内の父を思った。

矢内の父と母は、どのような思いで栄次郎を育てようとしたのか。自分の仕えていた御方の子だから引き取ったのであろうか。いや、違う。父と母の愛情を見れば、決してそのような打算ではない。

矢内の父も鶴見作之進と同じ種類の人間だったのかもしれない。

それから、栄次郎は鶴見作之進を伴い、おゆうの家に向かった。

おゆうは栄次郎の背後にいる鶴見作之進を見たとき、ぱっと表情を輝かせた。

「ひょっとして吉松さんの……」

おゆうの声が震えていた。

「よくわかりましたね。そうです。見つかりました。吉松を呼んでください」

「はい。すぐに」

おゆうは奥に引っ込んだ。

やがて、板の間を駆けて来る足音がした。

吉松が息を弾ませてやって来た。そして、板敷きの間から土間に立っている鶴見作之進を見つめた。

「吉松」

鶴見作之進が呼びかけると、いきなり裸足のまま土間に飛び下り、鶴見作之進の胸にしがみついていった。

吉松はしゃくりあげながら泣いた。今まで、押さえていたものが一気に爆発したようだ。

「吉松。苦労をかけた。すまなかった。もう、放さんぞ」

「父上」

血の繋がりはないはずなのに、吉松は鶴見作之進を父だと信じている。鶴見作之進のおもとに寄せる思いが、そのまま吉松に向けられている。その熱い思いを、吉松は本能的に察して父親だと信じ込んだのであろう。

その姿を見て、栄次郎は思った。矢内の父も同じだった。栄次郎に注いでくれた愛情は本物だった。だから、栄次郎は矢内の父を実の父親だと今も信じきることが出来るのだ。

その夜、屋敷に帰ると、兄が出て来て、

「母上がお待ちだ」

と言い、いっしょに母の部屋に入った。

母はいつものように仏壇に向かっており、栄次郎と兄はだいぶ待たされた。

母の背中に厳しいものが窺えた。おそらく、岩井文兵衛から知らせが入っているであろう。母の性格からして、栄次郎を説得しようと試みるはずだ。

ようやく、母は仏壇の前から離れ、こっちにやって来た。

「栄次郎どの」

座るなり、母は改まった口調で、

「きょうより、あなたは矢内栄次郎ではありませぬ」

すでに栄次郎を崇《あが》めるような言葉づかいになっている。

「母上。お言葉ですが、私は矢内栄次郎です」

栄次郎は毅然として言った。

「いえ。そなたは一橋家の……」

「母上。じつは、今まで母上に隠し事をしていたことがございます」

「隠し事？」

意外な返事だったのか、母は訝しげな表情になった。

「はい。私はこれまで、杵屋吉右衛門という師匠について、三味線を習っておりました。言えば、母上はお叱りになられるであろうと思い、きょうまで口に出せませんでした。ところが、前々から名取り襲名の話が出ており、最近になってまたその話が出ました」

母が困惑しているのがよくわかる。

「母上から三味線を習うことのお許しを得ないうちは、名取りの襲名は遠慮させてくださいと、師匠には話してありました。このたび、改めて師匠からその話をいただき、この機会に思い切ってお話をさせていただきました。母上。お願いです。三味線弾きになることをお許しください」

「栄次郎どの。それは……」

母は戸惑いを見せ、兄に顔を向けた。

栄次郎はすかさず兄に向かい、

「兄上。お願いです。兄上からも母上にお願いしていただけませんか。このとおりでございます」

栄次郎は兄に向かって頭を下げた。

兄もどう対処していいのか迷ったように、母と顔を見合わせた。

「栄次郎どの。あなたは矢内家の子ではあり……」

「母上」

栄次郎はまたしても母の言葉を遮《さえぎ》り、

「私は三味線弾きになるのが望みでありますから、いつぞやのように、小十人組の御目見得の御家に、養子に行くという話もしかり、かりにどんな大身のお旗本の家に養子に入るとかいうお話であってもお断りいたしたく存じます」

呆気に取られている母にさらに畳みかけた。

「名取りになっても私はまだ一本立ち出来ません。それまではここに置いていただきとう存じます。兄上の厄介になって心苦しく思っておりますが、兄上が後添いをおもらいになったときには、この家を出て行くつもりでおります。それまでは今までどおり、ここで過ごさせていただきとうございます」

「栄次郎どの。お聞きください」

たまりかねたように、母が声を高めた。

「きょうの昼間、あなたはあの御方と会われたのでございましょう」

「会いました。それが？」

「大事なお話をきかれたのではありませんか」

「そう言えば、何か仰っておいででした」

「何かって」

母は呆れたように、

「あの御方の仰ったことは、ほんとうなのでございますよ。あなたは大御所の」

「母上」

栄次郎は笑いながら、

「じつは、来春に中村座で三津五郎の舞踊があるのです。その地方《じかた》として、私は中村座の舞台に立てるかもしれないのです。あっ、母上には地方といってもわからないかもしれませんが、舞台の後ろで唄や三味線、笛や太鼓の鳴り物など、伴奏を受け持つひとのことをいうのです。私は、今そのことで頭がいっぱいで、あの御方が何を言っていたのか、よく聞いておりません。ただ、尾張家には最初のお話どおりに、斉朝さまが行くべきだと話した記憶があるのですが」

栄次郎は真顔になって訴えた。

「母上。私は矢内栄次郎です。大御所だの、一橋だの、尾張家だのと耳にしますが、一切私には関わりのないこと」

「あなたは、ゆくゆくは尾張徳川家六十二万石の太守になられる御方なのですよ」

「仮に、尾張徳川家六十二万石と、一丁の三味線のいずれをとるかと問われれば、ためらわず三味線をとります」

「栄次郎、よう言った。母上、おわかりでしょう。栄次郎はまさしく我が弟にございます。私は栄次郎の好きにさせてやりたいと思います」

それまで黙って聞いていた兄が突然、感に堪えないように言い出した。

「私は栄次郎の性格をよく知っております。尾張徳川家六十二万石の太守になったとしても、栄次郎は幸せにはなりませぬ。母上とて、そのことはよくご存じのはず」

いきなり母は立ち上がった。そして、仏壇の前に向かった。

「母上」

栄次郎は呼びかけた。

「一橋家からいくらかのお手当てをいただいていたようですが、私は一橋家とは一切関わりがありません。したがって、幾許《いくばく》かでもお手当てのようなものをいただく道理がありませぬ。どうぞ、今後はお断りください。私が三味線で稼いで、部屋代ぐらい入れますから」

「栄次郎。後悔せぬのか」

「後悔などするはずがありませぬ」

母の背中が泣いているように思えた。

六

冬晴れで、富士がひときわ大きく見えた。六郷の渡しを船で渡ると、川崎宿である。

栄次郎は鶴見作之進と吉松をここまで見送りに来た。東海道を上る旅人が川崎宿で昼飯を食べたり休憩をしている。

きょうの早暁は、おゆうや新八などが日本橋まで見送りに来たのだ。それから高輪、品川宿、大森、蒲田を経て川崎までやって来た。

本陣の前を過ぎてから、どちらからともなく足を止めた

「栄次郎どの。お世話になりました。御礼の言葉もありませぬ」

鶴見作之進が改めて挨拶をした。

「とんでもない。どうぞご達者で」

鶴見作之進は無事帰参が叶ってのお国入りであった。

「吉松。元気でな。立派な武士になるのだぞ」

「はい。父上に負けぬよう励みます」

吉松は元気で言った。

「途中、三島宿の寺に預けてあるおもとどのの遺骨を国まで持ち帰り、改めて供養してやりたいと思います」

「さぞ、おもとさんもお喜びになることでございましょう」

「それでは失礼します」

「道中のご無事をお祈り申し上げております」

「栄次郎どのと立ち合うことが出来たのは、いい思い出です。あの居合、あと半拍の間を置けば、私は斬られていたはずです。微妙な間ですが、老婆心ながら」

「半拍の間」

栄次郎が呟いたとき、鶴見作之進と吉松はもう遠ざかって行った。

ふたりが見えなくなってから、栄次郎は旅籠の『梅の家』を探した。

目についた小間物屋で訊ねると、『梅の家』はすぐにわかった。

問屋場《といやば》の近くにあった。

栄次郎は深呼吸をして広い土間に入った。

女中が出て来た。まだ陽は高く、宿泊する客の到着には時間が早かった。

「少し休憩させていただきたいのですが」

「どうぞ」

女中がすぐ濯ぎの水を持って来た。

栄次郎は足を濯いでから女中の案内で二階の部屋に通された。女中が窓の障子を開けると、富士が望めた。

「お酒でもお持ちいたしましょうか」

「いえ、呑めないのです。お茶をいただけますか」

「はい」

いったん部屋を出て行った女中が茶を運んで来た。

「どうぞ」

「すみませんが、あとで内儀さんを呼んでいただけませんか」

「畏まりました」

女中が部屋を出て行った。

往来を行き来する者は多い。川崎大師への参詣客も多いのだ。

しばらくして、廊下で声がした。

「どうぞ」

「失礼いたします」

襖を開け、四十過ぎと思える品のよい女が入って来た。色白で、ふくよかな顔は落ち着いた人柄を思わせた。

「当宿の内儀でございます。ようこそお越しいただきました」

「なかなかよいお宿ですね」

栄次郎は声をかけた。

「ありがとう存じます」

顔を上げた内儀が一瞬、訝しげな表情をした。

このひとが私を産んだ母だ。目が合った瞬間、そう確信した。自分に似た顔立ちだった。

「こちらには川崎大師の参拝でいらっしゃったのですか」

内儀が少し強張った声できいた。

「いえ。離ればなれになっていた父子が江戸で再会し、国に帰ることになったのです。その見送りに」

「見送りのために、わざわざここまで」

内儀の顔色が変わったように思えた。

「このお宿は長いのですか」

栄次郎は訊ねた。

「はい。私が嫁いで参りましてから二十年ほど」

内儀が窺うように栄次郎の顔を見た。

「あなたは……。いえ、失礼いたしました」

「私は矢内栄次郎と申します。本郷に屋敷があります」

あっと、内儀が叫んだような気がした。だが、それは声になっては出なかった。内儀の動揺が見てとれた。

「三年前に父が亡くなり、今は母と兄の三人暮らしですが、私はとても幸せです。内儀さんはお子さまは？」

「はい。十七になる倅と十五になる娘がおります」

「それは楽しみですね」

母は幸せそうだった。栄次郎は素直に喜んだ。

「じつは私にはもうひとりの子がおりました」

内儀が思い詰めたような目を向けた。

「私はもともと旅芸人の一座に入っておりました。あるとき、お偉い御方に見初《みそ》められ、お屋敷に呼ばれたのでございます。その御方はほんとうによくしてくれましたが、周囲の目は冷たいものでした。旅芸人の女でしたからね」

内儀は寂しそうに笑った。

「それから私は身籠もりました。ある御家人の家に厄介になり、そこで男の子を産んだのでございます。でも、私はその子を育てることは出来ませんでした。その御方に私は泣いて頼みました。子どもを取り上げないでくれと。でも、子どもの将来を考えたら、私といっしょにいないほうがいいと諭され、私は逃げるように江戸を離れました」

　内儀は目尻を拭った。

「それから一度たりとも、その子のことを思わぬ日はありませんでした」

「そうだったのですか。似たような話はあるものですね。私も父と母が別にいるという話を聞かされました。でも、私には実感が湧きません。ただ、もし実の母親がいるのなら一目会いたいと思いました」

　内儀は黙っていた。

「どうもすみません。変な話をして」

「いえ、こちらこそ」

　それからしばらくふたりは黙りこくっていた。ときおり、内儀は目尻を拭いた。

　栄次郎も目を閉じていた。

　落ち着いた穏やかな気持ちになっていた。

　陽が翳った。

「そろそろ帰らないと」

　栄次郎は呟くように言った。

「内儀さん。お会い出来てよかった。どうぞ、末永くお幸せに」

「栄次郎さまもお達者で」

栄次郎は部屋を出た。

内儀に見送られて、栄次郎は六郷の渡しに急いだ。

母の幸福そうな姿を見ただけで満足だった。

土手に上がって川原を渡し場に向かおうとしたとき、ゆっくり近づいて来る深編笠の武士がいた。

「矢内栄次郎。待っていた」

武士が笠をとった。

「あっ、あなたは……」

尾張柳生の遣い手沢渡源之丞だ。

「栄次郎。武芸者としてそなたをそのままにしておくわけにはいかないのだ」

「なぜ、ですか」

「門弟の仇だ。立ち合ってもらおう」

沢渡源之丞は葦原の中に踏み入った。栄次郎もあとを追った。

「ここでいいだろう」

広い場所に出て、源之丞は振り返った。

源之丞は笠を放り、剣を抜いた。

「どうしてもやり合わねばならないのですか」

栄次郎は自然体に立った。

源之丞は右足を前に左足を引いた半身《はんみ》での正眼の構えをとり、切っ先を栄次郎の目につけた。栄次郎は手を下げたままで対峙した。

相手はじりじりと間を詰めて来る。栄次郎も両手を下げたまま迫る。そして、斬り合いの間に入る寸前に栄次郎は立ち止まった。

そして、左手で刀の鯉口を切り、右手を刀の柄に当てた。栄次郎は右足を踏み出し、腰を落としたとき、源之丞が正眼から上段に構え直して栄次郎の眉間を狙った剣を振り下ろして来た。

(栄次郎どの。半間遅く)

鶴見作之進の声が聞こえた。

柄に当てた手を一瞬開いて半拍の間をとり、すばやく柄を握りしめ、右足を踏み出して剣を抜いた。

源之丞の剣が腰を落とした栄次郎の頭を真っ二つに裂くように襲った。だが、栄次郎の横一文字の剣が源之丞の腹を斬った。

剣を持つ手を伸ばしたまま、源之丞の動きが止まった。源之丞の剣は栄次郎の髷に触れるか触れないかの間際にあった。

素早く、栄次郎は剣を頭上で大きくまわして鞘に納めた。

腹部から血を噴き出し、源之丞は前のめりに倒れた。

（なぜだ、なぜこんなことに）

ひとを斬った悲しみが栄次郎に襲いかかった。北風が栄次郎の悲しみに呼応するように呻《うめ》くような音をたてて吹きはじめた。

時代小説

二見時代小説文庫

間《ま》合《あ》い　栄次郎江戸暦《えいじろうえどごよみ》2

著者　小杉健治《こすぎけんじ》

発行所　株式会社　二見書房
東京都千代田区神田神保町一-五-一〇
電話　〇三-三二一九-二三一一［営業］
〇三-三二一九-二三一五［編集］
振替　〇〇一七〇-四-二六三九

印刷　株式会社　堀内印刷所
製本　株式会社　進明社

落丁・乱丁本はお取り替えいたします。
定価は、カバーに表示してあります。

 ISBN978-4-576-07153-4
http://www.futami.co.jp/